Edda Singrün-Zorn
Unter dem Widderstern

Edda Singrün-Zorn

Unter dem Widderstern

Roman

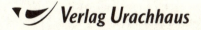 Verlag Urachhaus

Gewidmet allen Suchenden

ISBN 978-3-8251-7819-2

Erschienen im Verlag Urachhaus
www.urachhaus.de

© 2012 Verlag Freies Geistesleben & Urachhaus GmbH, Stuttgart
Umschlaggestaltung: Uschi Weismann
Umschlagabbildung: © gettyimages / Christine Denck
Gesamtherstellung: CPI – Clausen & Bosse, Leck

Wie an dem Tag, der dich der Welt verliehn
Die Sonne stand zum Gruße der Planeten,
bist alsobald und fort und fort gediehn
nach dem Gesetz, wonach du angetreten.
So musst du sein, dir kannst du nicht entfliehn,
so sagten schon Sibyllen und Propheten;
und keine Zeit und keine Macht zerstückelt
geprägte Form, die lebend sich entwickelt.
Johann Wolfgang von Goethe

1

Es war ein Abend im frühen März, den Tag über hatte die Sonne schon so viel Wärme gespendet, dass sich die ersten Frühlingsblumen geöffnet, Gänseblümchen und hie und da eine pelzige Kuhschelle. Jetzt aber blies ein harscher Wind von Norden her, und Michael kuschelte sich zwischen die Schafe, um sich zu schützen. Michael war ein Knabe von ungefähr sieben Jahren. So genau wusste er das nicht, denn niemand hatte ihm sein Alter gesagt, doch die Mutter stellte eines Tages eine Kerze auf den Tisch und einen Kuchen, nahm ihn auf den Schoß und sagte: »Heute bist du drei Jahre alt, mein Kleiner!«
Aber das war lange her, denn die Mutter war gestorben vor vielen Jahren, ihm schien, als sei es in einem anderen Leben gewesen. Der Tag ihres Todes, der war ihm noch erinnerlich, wie sie plötzlich da lag und nicht mehr antwortete auf seine Fragen – wie fremde Menschen alles wegtrugen, was der Mutter gehört, selbst seine kleine Bettstatt sah er auf einem Karren davonfahren. Ihn selbst nahm irgendwann einer bei der Hand, hob ihn auf einen Wagen, da saß er, inmitten von prall gefüllten Säcken, und eine tiefe Stimme sagte: »Dich nehme ich mit zum Harterbur, der sucht einen Hütejung' für die Schafe«, und ab ging es. Er hatte eine Weile in die Sonne geblinzelt, dann musste er wohl eingeschlafen sein, denn plötzlich war es still um ihn, und als er die Augen aufschlug, blickte er in den glitzernden Sternenhimmel. Er krabbelte sich zwischen den Säcken zurecht, rutschte vom Wagen und stand im Lichtschein eines großen Hofplatzes. Jemand schob ihn nach vorne, und er hörte wieder die tiefe Stimme: »Hier, Harterbur, hast du deinen Hütejung'.«

»Wat de? Wat sall ik mit son Kropptüüch? De kann jo nich mal'n Schaap öber de Rist kieken, 'n unnütze Freter is he, sunst nix!«
»Tja, die älteren Jungs kosten was, den hier hamse mir geschenkt, Harterbur. Die Mutter ist tot, der Vater unbekannt, er gehört niemandem, und jetzt gehört er dir. Er wird sich schon auswachsen, und du hast ja einen guten Hütehund. Und nu komm' Kleiner, hilf' mir die Säcke abladen, damit der Bur sieht, dass du was taugst.«
Und Michael half, obwohl die Säcke höllisch schwer waren und seine Hände kaum die Sackzipfel greifen konnten. Später kroch er in den Lattenverschlag neben den Schafen, dort fand er eine Strohschütte und eine alte, raue Pferdedecke, und er begriff, dass dies von nun an sein Bett war. Des Morgens gab es einen Teller warme Milch, darin schwammen aufgeweichte Brotbrocken. Bevor er mit den Schafen auf die Weide zog, drückte ihm die Bäuerin einen Kanten Brot in die Hand und einen Napf: »Da melkst du dir Milch hinein, aber ein Napf muss reichen«, meinte sie müde. »Der Bur ist sparsam.« Am Abend gab es wieder warme Suppe, in die sich hie und da ein Fleischbrocken verirrt hatte. Dies waren seine Mahlzeiten, aber nur während der kalten Monate. Sobald die warmen Monate kamen, hatte er mit den Schafen draußen zu bleiben. Dann brachte ihm eine Laufmagd alle paar Tage Brot und ein Stück harten Käse. Manchmal kam ihn großes Verlangen an, noch einen Napf voll zu melken, aber dann besann er sich seines ersten Morgens, als der Harterbur ihn harsch angegangen:»Un dat segg ik di, Nixnutz, wenn du klaust, flüggst du rut, denn kannst du kieken, wo du bliffst.«
Verständnislos hatte ihn Michael angesehen, er wusste nicht, was klauen heißt, nie hatte ihm jemand davon gesprochen.
»Na, wat is, wat glotzt du mi an? Du warst doch weten, wat klauen heet?«

Da schüttelte Michael den Kopf und flüsterte: »Ich weiß es nicht.« Laut lachte der Bur, laut und roh: »Hör sich einer das an, er weiß nich, was klauen heißt! Klauen, Bürschchen, heißt etwas nehmen, was einem nich gehört. Einen Napf Milch geb ich dir, und melkst du mehr ab, hast du geklaut, denn die Milch gehört mir, verstanden?«
Seitdem getraute sich Michael nie, mehr zu nehmen als eben diesen einen Napf, und wenn ihm der Magen noch so knurrte. An all das dachte er, als er zwischen den Schafen lag, auch an den Tag, da er die Tiere weiter vom Hof getrieben und plötzlich ein Laut an sein Ohr gedrungen, ein Laut, den er schon einmal gehört, nur wusste er nicht wann. Aber dass er ihn liebte, diesen Laut, dass er ihm vertraut war, und eine tiefe Sehnsucht in ihm weckte, das wusste er bestimmt. So hatte er sich zu Tyrax gebeugt, dem Hirtenhund, und ihn gefragt: »Sag Tyrax, was rauscht da so wunderbar und gewaltig?«
Tyrax blickte zu ihm auf mit seinen klugen, treuen Augen, entgegnete »Wuff«, und das war nun wirklich nicht viel. Stattdessen antwortete eine Stimme: »Das ist das Meer, Kleiner.«
Als Michael sich umwandte, stand eine alte Frau hinter ihm, sie trug einen Korb, angefüllt mit orangeroten Beeren.
»Das Meer? Was ist das Meer?«, fragte er.
»Das ist ein riesiges Wasser, du kannst sein jenseitiges Ufer nicht erkennen. Wenn du deine Schafe hier weitertreibst«, sie deutete nach Norden, »dann wirst du es sehen. Aber geh' nicht zu nahe ran, damit du kein Schaf verlierst in den Wellen, der Harterbur ist streng, du bist doch sein neuer Hütejunge?«
Michael nickte, dann zeigte er auf die Beeren: »Kann man sie essen?«
Die Alte kicherte: »Man kann schon, aber sie schmecken roh nicht gut. Hast du Hunger?«
»Immer.«

Sie griff in ihre Tasche und zog einen Apfel hervor.
»Da nimm', aber lass' ihn den Bur nicht sehen. Die Trina, die Bäuerin, sagt, er sei sparsam, aber das stimmt nicht, er ist geizig, geizig und kalt. Es gibt nur eine Sache auf der Welt, die er liebt, das ist Besitz, ich kenne ihn, bin schließlich seine Mutter, leider. Sie haben ihren Namen zu Recht, Harter heißen sie, hart sind sie, sein Vater war ebenso.«
Sie redete wie zu sich selbst und Michael wusste nicht, ob sie ihn noch wahrnahm, darum sagte er: »Vielen Dank für den Apfel, Frau.«
»Ich bin die Ahne, alle nennen mich so, sag' einfach Ahne zu mir.«
»Danke, Ahne, und einen guten Heimweg!«
»Dir einen guten Weideplatz! Wie heißt du überhaupt?«
»Michael rief mich die Mutter«, und leise setzte er hinzu, »als sie noch lebte.«

Sein Kopf lag auf einem Schaf, seine Beine hatte er unter den Bauch eines anderen Schafes geschoben, das wärmte. Von Ferne kam die Melodie des Meeres mit dem Nachtwind gezogen. Das Meer, diese wunderbare, große, gewaltige, graue Flut – warum liebte er sie so sehr? Er wusste es nicht, er wusste so vieles nicht, aber je weniger er wusste, umso mehr sehnte er sich zu wissen, zu begreifen. Die Sterne zum Beispiel. Bilder zögen dort oben entlang, hatte die Mutter ihm erzählt: »Wenn du groß bist, werde ich sie dir alle deuten.« Aber es kam nicht mehr dazu, sie starb darüber. Nur das Eine hatte sie ihm gezeigt: »Das ist der Widder, im Zeichen des Widders bist du geboren, wie er.«
Dabei waren ihre Augen dunkel gewesen und von eigenartigem Glanz. Bis heute wusste Michael nicht, wer »er« war, aber das Sternbild liebte er trotzdem. Es beschützte ihn, wenn es weit

schwingend am nächtlichen Himmel stand. Dieses Sternbild gehörte ihm, ihm ganz allein, und es verband ihn mit der Mutter. Obgleich er sich an ihr Gesicht kaum mehr erinnern konnte, aber unter dem Widderstern fühlte er sich ihr nahe. Tyrax umkreiste die Herde lautlos wie ein Schatten, nur hin und wieder hörte er ihn von Weitem »Wuff« rufen.
»Armer Tyrax«, dachte Michael, »nichts kannst du sagen außer ›Wuff‹. Warum sprichst du nicht die Menschensprache?« Und wieder überkam ihn dieses Sehnen, gepaart mit einem nahezu unbändigen Willen zu wissen, zu erfahren. Warum konnte Tyrax nur »Wuff« sagen, aber verstehen, wenn er, Michael, mit ihm sprach? Rief er »Tyrax, komm!«, so kam er, rief er »Tyrax, geh zu den Schafen«, so ging er, ging nicht etwa sonst wohin, nein, Tyrax ging wirklich zur Herde. Also konnte Tyrax mehr denn er, denn er verstand nur »Wuff«. Tyrax dagegen verstand ihn und die Schafe, also war Tyrax klüger als er. Oder besaß Tyrax, wie vielleicht viele Tiere, eine Fähigkeit, welche die Menschen verloren oder nie besessen hatten? Warum überfielen ihn solche Fragen immer des Nachts unter dem bestirnten Himmel? Fielen sie herab von den Sternen? Öffneten die Sterne seine Seele für Derartiges? Oder durchwogten, umfluteten diese Fragen die Himmel, den Erdball und damit nicht nur ihn, den kleinen, unbedeutenden Knaben Michael, sondern alle Menschen? Er hatte von all dem zwar nur eine unsichere, verschwommene Vorstellung, denn er hatte keine Schule besucht, konnte also weder schreiben noch lesen, aber ein Gefühl sagte ihm, dass Verborgenes, Verschüttetes in seinem Innern schlief, dass er wusste, ohne je gehört zu haben. Wie aber gelangte er zu diesem Schatz, wo lag die Tür, die es zu öffnen galt?
War er an diese Stelle seines Nachdenkens gelangt, konnte es geschehen, dass sich des sonst so Beschaulichen ein heißer Zorn bemächtigte, er aufsprang, mit Tyrax im Wettlauf die Herde

umrundete, bis er erschöpft und atemlos niederfiel – und über ihm kreisten die Gestirne, blinkend, blitzend, aber stumm in unendlicher Ferne. Da schloss er müde die Augen und flüsterte: »Warum antwortet ihr nicht?« Nur die Tiere lagen um ihn her, ein Schutzwall gegen die kalte Einsamkeit, und er spürte ihren warmen Atem auf seinem Gesicht.

So vergingen die Tage, Monate, vielleicht Jahre, Michael zählte nicht nach, es war ihm gleichgültig, denn die Zeit lief dahin im Gleichmaß seiner Arbeit. Hin und wieder traf er die Ahne auf ihren Beerengängen, wie sie es nannte, das war dann allemal wie ein Sonntag für ihn, denn obgleich er mit Tieren redete wie mit seinesgleichen, entbehrte er doch der menschlichen Stimme, der menschlichen Sprache. Immer aber drängte es ihn zum Meer, und so trieb er die Herde heimlicherweise dorthin, denn der Bur sah es nicht gerne und schimpfte: »Dort taugt die Weide nichts, das Grünzeug is dürftig und zu kurz, das gibt weniger Milch.«
Trotzdem konnte Michael nicht widerstehen, und so zog er auch heute wieder einmal den verbotenen Weg. Es war ein strahlend heller Sommertag, schon hörte er das gleichmäßige Rauschen der See, aber dazwischen mischte sich lautes Grölen und Schreien. Michael begann zu rennen, und da sah er es; eine Horde Knaben trug etwas Zappelndes zum Wasser, und er erkannte, dass es eine kleine Katze war. Da vergaß er alles, er vergaß die Übermacht der Knaben, er vergaß die Herde, er sah nur noch dieses zitternde Bündel Leben in den rohen Fäusten und schrie: »Nein, das dürft ihr nicht!«
Die Horde blieb stehen, und als sie Michael sahen in seinen zu kurzen Hosen und seinem zerschlissenen Hemd, schrien sie erneut durcheinander.

»Du willst uns hindern, du halbes Stück Mensch!«
Da hob Michael ihnen beide Hände entgegen und bat still:
»Schenkt sie mir.«
Der Größte von ihnen trat vor und grinste: »Schenken? Gilt nich, was zahlste?«
»Ich habe kein Geld.«
»Was haste dann?«
Traurig antwortete Michael: »Ich habe nichts, gar nichts.«
Der Andere entgegnete gelassen: »Du lügst, du hast Pantinen – Pantinen oder Katze.« Und er zeigte auf Michaels Holzschuhe. Michael zögerte, die Pantinen gehörten nicht ihm, sie gehörten dem Harterbur. Da blickte er in die Augen der kleinen Katze, und ihm war, als höre er sie sagen: »Bitte, bitte nimm mich zu dir.« Wortlos streifte er die Pantinen ab, reichte sie hin, griff sich die Katze, barg sie vorne in seinem Hemd und stob davon. Erst als er bei Tyrax anlangte, fühlte er sich in Sicherheit, denn der würde jeden schmerzlich in die Waden beißen, der ihm zu nahe kam. Er setzte sich zwischen die weidenden Tiere, vorsichtig holte er das Kätzchen aus seinem Hemd und legte es neben sich in den warmen Sand. Langsam streichelte er das Fell, seidenweich war es, von silbrigem Grau.
»Ich werde dich Sternchen nennen, denn du glänzt wie die Sternchen am Himmel, aber du bist nahe und warm – und du gehörst mir, mir ganz allein.«
Er hob sie hoch und legte sie um seinen Hals, da fing sie sacht und leise an zu schnurren.

Tagelang blieb Michael dem Hof fern, denn er fürchtete die Frage des Bur wegen der verschwundenen Pantinen. Und richtig, kaum war er dem Harter begegnet, fuhr der ihn schon an: »Wo sind die Pantinen?«

Michael antwortete ruhig: »Die brauche ich jetzt nicht, es ist warm, ich spare sie für den Winter.« Harter knurrte etwas Unverständliches und ging seiner Wege. Nicht um alles in der Welt hätte Michael die Wahrheit gestanden, er log nicht aus Angst vor Strafe, er log, weil er fürchtete, man nähme ihm im Zorn Sternchen weg, hatte doch der Bur, als er die Katze entdeckte, losgedonnert: »Was ist denn das? Wem gehört sie?«
»Mir, Harterbur.«
»Haha, dir, und säuft meine Milch!«
»Nein, meine, sie bekommt aus meinem Napf, und außerdem beginnt sie Mäuse zu fangen.«
»Das will ich auch hoffen, ich hab' genug unnützes Geziefer zu füttern.«
Michael verschob die Gedanken in seinem Kopf – bis zum Winter war es noch eine gute Weile, vielleicht vergaß der Bur die Pantinen bis dahin. Aber genau daran zweifelte er, denn der Harter vergaß selten etwas, und schon gar nicht, wenn es ihm gehörte, und die Pantinen gehörten ihm. Und darum hatte Michael am Abend ein ernsthaftes Gespräch mit Tyrax.
»Was mache ich nur Tyrax? In ein paar Wochen werden die Tage kürzer, danach dauert es nicht mehr lange und es wird kalt, dann merkt er, dass die Pantinen fehlen. Was soll ich nur tun?«
Aber Tyrax gab keine Antwort, nicht einmal ›Wuff‹ sagte er. Er hatte den Kopf zwischen die Pfoten gelegt und schwieg beharrlich, nur seine Augen blickten von unten her, und hätte Michael nicht auf das ›Wuff‹ gewartet, wäre es ihm wohl gelungen, die Augensprache zu verstehen, so murmelte er nur verdrossen: »Tyrax, du bist eben doch nur ein Hund.«
Da wendete sich dieser beleidigt ab und knurrte.

Es mochte eine knappe Woche später sein, Michael trieb die Herde in Dorfnähe, als Tyrax begann, unruhig hin und her zu laufen. Plötzlich stieß er einen hellen Laut aus, als freue ihn etwas unbändig, senkte die Nase auf den Boden und sauste davon. Michael rief und pfiff, doch Tyrax hörte nicht auf ihn, er verschwand im hohen Gras, und nicht einmal seine Schwanzspitze war zu entdecken. Was sollte das? Die Herde im Stich lassen, nicht auf den Pfiff hören? Michael war verwirrt. Er hatte fest geglaubt, Tyrax gut zu kennen, ihn zu verstehen. Wütend stieß er seinen Hirtenstab in den Boden: »Warum können wir nicht miteinander reden, warum nur? Dumm ist das eingerichtet, dumm und töricht.«

Mühsam versuchte er die Herde zusammenzuhalten, jetzt merkte er, wie sehr ihm der Helfer fehlte, der Begleiter, der Freund. Gewiss, Sternchen war da, es sprang in hohen Sätzen zwischen den Schafen, aber anstatt die Tiere zur Ruhe zu bringen, brachte es nur Unordnung und Wirrnis.

Da hob der Widder den Kopf, blickte in eine Richtung, und nun sah es auch Michael; das Gras bewegte sich, erst vernahm er ein Hecheln und Schnaufen, dann erschienen zwei Ohren zwischen den Halmen – keine Frage, es war Tyrax! Er schleppte schwer, legte Michael etwas vor die Füße – eine Pantine. Kurz danach brachte er die zweite. Und ohne ihn eines Blickes zu würdigen, jagte er davon und trieb die Herde weg vom Dorf.

Michael ließ sie ziehen, er hockte sich nieder, barg seinen Kopf in den Armen und schämte sich. Er schämte sich so sehr, dass ihm heiß dabei wurde, ihm war, als tauche sein ganzer Körper in feuriges Wasser. Tyrax hatte es gewusst, die ganze Zeit hatte er gewusst, wie sehr ihn der Verlust der Pantinen ängstigte und quälte, und bei erster Gelegenheit brachte er sie zurück. Mit seiner feinen Hundenase konnte er sie aufspüren, denn der Geruch des Herrn und Freundes war ihm vertraut.

Und was hatte er, Michael, getan? Ihn verächtlich »nur ein Hund« genannt, das hatte er. Konnte man solch eine Kränkung je wieder aus der Welt schaffen? Und wenn, wie? Sprach er mit Tyrax, so verstand dieser die Menschensprache, denn Tyrax war gescheit, viel gescheiter als er, und darum würde er nie erfahren, was Tyrax ihm antwortete, es war zum Verzweifeln. Langsam stand er auf und sah sich um. Von der Herde war nichts mehr zu sehen, weit entfernt hörte er das Blöken der Schafe, es musste gegen die Dünen zu sein. Michael fühlte sich müde, müde und zerschlagen. Warum war er eigentlich auf dieser Erde, wo ihn niemand brauchte? Tyrax kam sehr gut ohne ihn aus. Und Sternchen? Sternchen hatte seine Freunde bei den Lämmern, Sternchen würde ihn sicher nicht vermissen. Hätte ihn doch die Mutter damals mitgenommen, dann wäre ihm wohl, denn wo die Mutter jetzt ist, gibt es weder Hunger, Kälte noch Schmerzen, so hatte die Ahne gesagt.
Die Ahne! Ob er sie einmal frug, wie das war mit dem Verstehen? Die Ahne wusste viel, hatte sie ihn doch gelehrt, wie man die Hufe der Schafe pflegt, damit sie nicht lahmen, oder wie man einem Lamm ins Leben hilft, wenn es quer liegt. All das konnte er jetzt, er war kein einfacher Hütejunge mehr, er war beinahe ein richtiger Schäfer.
War er wirklich so allein? Er hatte die Ahne, mit ihr konnte er reden, wen aber hatte Tyrax? Mit den Dorfkötern wollte er nichts zu tun haben, sie waren ihm zu dumm und ungebärdig, und er bellte sie in alle Winde, sobald sie sich nahten. War Tyrax nicht um Vieles einsamer als er? Michael trottete dahin, ohne auf den Weg zu achten, bis ihn eine Stimme aus seinen Gedanken riss: »Na, Junge, was ziehst du denn für ein Gesicht bei hellem Sonnenschein, was ist geschehen? Hast du ein Schaf verloren?«
Die Ahne war's, die ihn ansprach.
»Oh, Ahne, die ganze Zeit dachte ich an dich, wie ich dich fin-

den könnte, und da stehst du leibhaftig vor mir – ich habe viele Fragen – und – ich habe Tyrax schwer gekränkt, sehr schwer, obwohl er so gut ist und mir die Pantinen wiederbrachte.«
»Welche Pantinen?«
Eine dunkle Röte schoss Michael auf, jetzt hatte er sich verraten, aber die Ahne plauderte sicher nichts aus, ihr konnte er vertrauen.
»Weißt du was, Michael, ich glaube, du hast nicht nur viele Fragen, es gibt wohl auch Einiges zu erzählen. Wir wandern zur Herde, dort rasten wir und können ungestört reden, niemand wird uns belauschen, und daran ist dir doch gelegen, oder nicht?«
»Daran ist mir sehr gelegen, denn was ich dir sagen werde, ist Tyrax' und mein Geheimnis, niemand sonst weiß darum.«
Und dort zwischen den Dünen, inmitten der friedlich weidenden Tiere, erfuhr die Ahne die ganze Geschichte um Sternchen, die verlorenen und wiedergefundenen Pantinen und Michaels großen Kummer. Lange schwieg die Alte, dann fragte sie still:
»Reut es dich, dass du die Pantinen gabst?«
»Nein, bestimmt nicht, ich hätte auch noch mein Hemd dazu gegeben, aber das war denen wohl zu löcherig.«
Die Ahne nickte versonnen – was für ein Kind saß da neben ihr. Und der eigene Sohn nannte es einen Nixnutz.
»Und nun zu deinen Fragen. Ja, Michael, wir können die Tiere verstehen, wir können alles in der Natur verstehen, wenn wir tief schauen, wenn wir tief hören und vor allem, wenn wir tief fühlen. Ich habe Menschen getroffen, die sogar die Pflanzensprache verstanden, aber ich denke, das kann man nicht lernen, das ist eine Gabe, die man mitbringt. Bei den Tieren ist dies leichter, sie sind uns näher, verwandter. Es lebte einst ein Heiliger, Franziskus hieß er, der nannte die Tiere seine Brüder. Er

sagte zum Beispiel ›Bruder Wolf‹, und der Wolf verbarg seinen reißenden Zahn und leckte ihm die Hand. Selbst die Fische, so erzählt man sich, hoben ihre Köpfe über die Wasser, wenn er am Ufer stand und ihnen predigte, und gelten doch als taub und stumm. – Schau den Tieren in die Augen, beobachte das Spiel ihrer Ohren, das Sträuben ihrer Haare, und du wirst sie verstehen.«

»Wird mir Tyrax dann anders antworten als ›Wuff‹?«

Die Ahne lachte leise: »Das glaube ich nicht, aber du wirst das ›Wuff‹ anders deuten. Du musst auf den Ton lauschen, ob er böse klingt, zufrieden, fröhlich. Ob das ›Wuff‹ Nein heißt oder Ja, denn Tyrax sagt eben nur ›Wuff‹, andere Worte kennt er nicht. Und so wie bei ihm ist es bei allen Tieren.

»Weißt du auch einen Rat, wie ich Tyrax wieder versöhnen kann?«

»Nimm ihn einfach zu dir, habe den Mut dazu, manchmal ist eine Umarmung richtiger als hundert Worte. Wenn du ganz offen bist für das, was um dich geschieht, ob es Sonnenschein ist, der glitzernde Sternenhimmel, das Wehen des Windes oder das Meeresrauschen – solch eine Stunde scheint mir die Beste zum Versöhnen.« Michael schwieg eine ganze Weile, dann antwortete er leise: »Vielen Dank, Ahne, ich glaube, ich nehme den Sternenhimmel.«

2

Nahe beim Harterhof wusste Michael eine weite, mit Gras bestandene Mulde, dorthin trieb er die Herde. Hier war es windgeschützt, denn die Nächte wurden bereits herbstlich kühl. Er hockte sich an den Rand und wartete. Die Tiere waren noch zu lebhaft, Tyrax umkreiste die Herde wieder und immer wieder, alle mussten beisammen sein, nicht das kleinste Lamm entging seinen scharfen Augen. Allmählich wurde es ruhiger.

Vom Harterhof herüber hörte man hin und wieder den rauen Zuruf eines Knechtes oder das Schlagen einer Türe – dann war auch das vorbei und Stille trat ein. Da erhob sich Michael und ging, Tyrax zu suchen. Er fand ihn bei den Muttertieren. Vorsichtig ließ er sich nieder, lehnte seinen Rücken gegen einen weichen, warmen Schafsleib und wartete. Tyrax saß neben ihm, aufgerichtet, ohne Bewegung, nur das feine Zittern der Ohren verriet, dass Leben in ihm war. Wie hatte die Ahne gesagt: »Manchmal ist eine Umarmung richtiger als hundert Worte.«

Er streckte seinen Arm aus, legte ihn Tyrax behutsam um den Hals, zog den Freund langsam zu sich – und – der wehrte sich nicht. Über ihnen kreisten die Sterne, alle konnte man erkennen, denn die Luft war klar und ohne Trübung. Da begann Michael zu sprechen: »Siehst du die vielen Sterne, Tyrax? Lauter Bilder sind dort oben, hat die Mutter gesagt, aber ich kenne nur zwei, das Siebengestirn, und das andere steht jetzt drüben, fast auf der Erde, aber in einigen Wochen zieht es höher und höher, dass man es gut sehen kann. Es ist der Widder, und ich bin im

Zeichen des Widders geboren, wie ›er‹. Weißt du vielleicht wer ›er‹ ist?«
Michael wartete auf eine Antwort, aber Tyrax schwieg, nicht das geringste ›Wuff‹ war zu hören. Nur seine feuchte, kühle Nase legte sich auf Michaels Hand. Das fühlte sich beruhigend an und sollte wohl bedeuten: »Es tut mir leid, ich weiß es nicht.« Da kraulte ihn Michael zwischen den Ohren und meinte: »Lass' es gut sein, auch ich weiß es nicht.«
Wieder und wieder stieg es in dem Knaben hoch: »Warum nur weiß ich so wenig? Dieser wunderbare Sternenhimmel, und ich kann ihn nur anstaunen. Von keinem der hellen Sterne kenne ich den Namen, und fast alle haben einen, sagte mir die Mutter. Dieser ganz große, helle, schräg über mir, wie gerne riefe ich ihn, aber nichts, er blinzelt mir zu, er lacht mich aus, weil ich so dumm und unwissend bin.«
Michael schwieg, Tyrax schwieg, aber es war ein gutes, ein friedvolles Schweigen, sie waren beisammen, und das war Ihnen genug. Hin und wieder löste sich einer der Lichtpunkte, flog in gleißendem Bogen über den Himmel und erlosch irgendwo im All. Wo sie wohl hinfielen?
»Von Gottes Hand in Gottes Hand«, waren die Worte der Ahne gewesen, als er sie einmal danach fragte. Was musste Gott für Hände haben, dass so viele Sterne darin Platz fanden! Und was machte er mit ihnen? Sammelte er sie, wie der Harterbur sein Geld sammelte? Oder steckte er sie an anderer Stelle wieder an den Himmel und formte sie zu neuen Bildern? Vielleicht aber blies er sie einfach aus, wie wir eine Kerze ausblasen. Zu gerne hätte Michael mit jemandem über all das Unbegreifliche, Rätselhafte gesprochen. Die Welt war voller Fragen, also musste sie auch voller Antworten sein.
»Irgendwann fallen die Antworten vom Himmel, wie dieser Stern vorhin, glaubst du auch daran, Tyrax?«

Tyrax hob den Kopf, wackelte mit den Ohren und sagte laut und vernehmlich ›Wuff‹. Jubelnd presste ihn Michael an sich und rief: »Hurra, ich habe deine Sprache verstanden, du hast Ja gesagt. Die Ahne hat recht, man kann es lernen.«
Dann rollte er sich zusammen und murmelte glücklich: »Jetzt wird es schön, Tyrax, ab heute können wir miteinander reden wie richtige Freunde.«
Einige Minuten später schlief er ruhig und sorglos, denn Tyrax saß aufrecht, eine Pfote auf die Schulter seines kleinen Herrn gelegt, und hielt Wache.

Das Jahr neigte sich, bitterkalt war es draußen und tief verschneit. Die Schafe, obwohl eingetrieben, mussten versorgt, gefüttert und getränkt werden, und auch sonst kam Michael nicht zur Ruhe. Unentwegt wollte irgendeiner irgendetwas von ihm. »Michael, hole Holz für die Küche.« »Michael, hole Holz für den großen Kachelofen.« »Michael, wirf Futterballen vom Heuboden für die Kühe.«
So ging es von früh bis abends, und lag er nach dem Nachtessen bei den Schafen und zog sich die alte Pferdedecke über die Ohren, schlief er sofort ein; Tyrax lag auf seinen Füßen und Sternchen kuschelte sich in seine Halsbeuge.
Es war der 23. Dezember und alles auf dem Hof in Vorbereitung auf das Fest. Nicht, dass Michael sich etwas Besonderes erwartet hätte, aber er freute sich auf das Essen, denn es war üblich, dass am Heiligen Abend alle gemeinsam aßen und tranken, gutes Essen, reichliches Essen, auch, wenn es den Bur hart ankam und er jedem die Brocken vom Löffel zählte. Aber einmal im Jahr sich satt essen, zusammen mit den andern in einer warmen Stube, das genoss Michael, das gab ihm wenn auch nur ein winziges Gefühl, als habe er eine Familie. Gera-

de wollte er nach dem Essen zur Türe, da trat ihm die Ahne in den Weg und reichte ihm ein Stoffbündel, umwickelt mit einem roten Band.

»Hier, Michael, das schickt dir das Christkind.«

Michael stand wie angewurzelt, kein Wort brachte er hervor – er bekam ein Christgeschenk, er, der Niemand, das musste ein Irrtum sein. Und so sagte er ungläubig: »Bist du sicher, Ahne, dass es für mich ist?« Die lachte: »Ganz sicher, mein Junge, denn ich habe dem Christkind geholfen, wir dachten beide, die Ahne besitzt einen warmen Unterrock, den sie entbehren kann, aber Michael, der könnte ihn gut gebrauchen. So nimm schon!«

Michael fühlte sich unsicher. Ein Unterrock? Was sollte er damit? Wollte sie sich über ihn lustig machen? Doch die Ahne kränken, nein, das durfte nicht sein, und so nahm er das Bündel, bedankte sich und ging. Drüben im Schafstall öffnete er das Band – da sah er, dass der Unterrock zum Hemd geworden. Ehrfürchtig breitete er es aus, ein Hemd, ein richtiges Hemd, ohne Löcher und Flicken und mit sämtlichen Knöpfen versehen. Immer wieder strich er über den warmen, weichen Stoff – ob er es gleich anzog? Das Seine hielt ohnehin nur noch mühselig zusammen und war ihm außerdem längst zu klein.

Als er in die Ärmel schlüpfte, merkte er, da steckte was, und holte aus jedem Ärmel einen wollenen Socken, einen Apfel und einen Spekulatius. Michael war überwältigt, er spürte, wie ihm das Wasser in die Augen schoss, er weinte, er weinte vor lauter Glück und sagte leise: »Tyrax und Sternchen, jetzt feiern wir drei Weihnachten!« Vorsichtig teilte er die Spekulatius und die Äpfel. Sie knabberten, jeder auf seine Weise, und schliefen danach zufrieden in den Weihnachtsmorgen hinein.

Was Michael nicht wusste, kaum, dass er am Abend die große Stube verlassen, trat der Bur vor die Ahne und herrschte sie an: »Was haste dem Nixnutz gegeben?« Diese entgegnete ruhig: »Es war ein Geschenk von mir, ich wüsste nicht, was es dich angeht.«

»Ich hab' nich gefragt, von wem das Geschenk war, sondern was es war!«, zischte Harter böse.

»Wenn du es genau wissen willst, ich habe ihm aus einem meiner warmen Unterröcke ein Hemd genäht und aus der Wolle, die mir zusteht, ein Paar Socken gestrickt, denn so, wie er herumläuft, ist er eine Schande für den ganzen Harterhof. Und das sage ich dir, Hinrich«, sie kam einen Schritt näher, und fuhr, ihre Augen fest und unerbittlich auf den Sohn gerichtet, fort: »Das eine sage ich dir, wenn du den Jungen deshalb angehst, dann könnte es sein, dass ich den Weg zum Pastor finde und ihm erzähle, wie es der reichste Bur im Dorf mit der Fürsorge für sein Gesinde hält.«

Harter schwieg und duckte sich. Den Pastor fürchtete er, der war streng – streng, gerecht und unbestechlich. Ihm galten alle gleich, ob sie einen vollen Geldsack besaßen oder nur einen Strohsack. Er scheute sich auch nicht, den angesehensten Bauern in der Predigt zurechtzuweisen. Er nannte dabei nie einen Namen, aber seine Worte waren so klar und deutlich, dass jeder Dörfler wusste, wen er meinte. – Darum gab Hinrich Harter der Mutter den Weg frei, aber sein Blick war tückisch und verschlagen. Der Jung' musste vom Hof, so viel stand fest. Von Anfang an war ihm dieses Kind zuwider gewesen, es hatte eine Art ihn anzusehen, die er nicht vertrug. Obgleich er ein vaterloser Balg war, fühlte er, der Bur, sich ihm auf merkwürdige Weise unterlegen, und das machte ihn wütend. Zudem gab es nichts, aber auch gar nichts, was er ihm hätte anlasten können, Michael war zuverlässig und fleißig. Umsichtig sorgte er für die

Herde, die sich zusehends vergrößerte. Er hatte eine gute Hand für die Tiere, kein Muttertier hatte unter seiner Zeit verworfen, noch hatte er ein Lamm eingebüßt. Harter lachte plötzlich, ihm war ein Gedanke gekommen, da konnte man schließlich ein bisschen nachhelfen. Zufrieden stapfte er seiner Schlafstube zu.

3

Es mochte Mitte Februar sein, die Nacht war unfreundlich und stockfinster, denn man schrieb Neumond, als Michael mit den Schafen unweit des Hofes lagerte. Vor ein paar Tagen war ein Lamm geboren worden, etwas früh im Jahr, gleichwohl war es gesund und kräftig. Hatte er ein frisch geworfenes Lamm in der Herde, war Michael besonders wachsam. So entging ihm auch nicht das sachte Bewegen des Grases. Vorsichtig wendete er den Kopf, da sah er eine Gestalt heranschleichen, er hörte Tyrax knurren, dann ging alles sehr schnell. Ein langer Arm schob sich vor und versuchte etwas zu greifen, das Lämmlein schrie jämmerlich, Tyrax sauste herbei und Michael rief: »Tyrax, pack zu!«
Darauf gellte ein Schrei durch die Nacht, der Dieb humpelte davon und verschwand in der Dunkelheit. Michael lief eilig zu der Stelle, er tastete umher, das Lamm war da, und es war unversehrt. Erleichtert warf er sich ins Gras. Er konnte sein Sternbild nicht sehen, es stand wolkenverhangen, aber er wusste genau seinen Platz am Himmel, und dort auf dem großen Stern des Widders saß die Mutter und beschützte ihn – ihn, Tyrax, Sternchen und die ganze Herde. Und dort hinauf schickte er seinen Dank. Im ersten Frühlicht brachte ihm Tyrax ein Stück rauen Tuches, offenbar hatte er es dem Dieb aus der Hose gerissen. Michael drehte den Fetzen um und um, doch außer einem Blutfleck war nichts daran zu entdecken.
Er dachte nach, irgendetwas war ihm in der Nacht bekannt vorgekommen, aber was? Richtig, der Schrei, die Stimme, sie hatte wie die Stimme des Bur geklungen! Aber warum sollte

der reiche Harterbur in der Stockfinsternis ausziehen, um sein eigenes Lamm zu stehlen? Es ergab keinen Sinn, er mochte es in seinem Kopf hin und her schieben, es wurde immer seltsamer und unbegreiflicher. Da steckte er den Fetzen in seine Hosentasche und beschloss, das Ganze mit der Ahne zu besprechen, vielleicht fand sie eine Antwort.

Nachdem Michael geendet, saß die Ahne und schwieg. Sie blickte in die Ferne und ihr Gesicht war alt und müde – dann begann sie zu sprechen.
»Was ich jetzt sage, darf diese Stube nicht verlassen, Michael, das musst du mir versprechen.« Michael nickte ernst. »Dieser Fetzen gehört zur Hose des Bur. Die Trine, seine Frau, erzählt überall, er habe in der Nacht einen Fall getan und sich übel verletzt, draußen, irgendwo auf den Weiden. Aber ich habe mich da schon gefragt, was treibt der reiche Harter mitten in der Finsternis auf den Weiden? Jetzt weiß ich es, er war gar nicht auf den Weiden, er wollte ein Lamm stehlen.«
»Aber warum, Ahne, warum? Er kann sich hundert Lämmer kaufen, und wenn er eines schlachten will, braucht er sich nur am hellen Tag eines von der Herde holen.«
»Ja, mein Junge, aber dann könnte er es dir nicht anlasten, verstehst du? Und wenn er es dir nicht anlasten kann, hat er keinen Grund, dich wegzujagen, und genau das will er, so einfach ist das!«
Michael starrte sie an: »Aber warum will er mich wegjagen? Ich hab ihm doch nichts getan.«
»Oh, doch, du bist sauber, und er hasst alles Saubere, Reine, Klare. Schau dich einmal um auf dem Hof, schau dir die Knechte und Mägde an, rüde Gesellen, schlechte Weiber. Die Anständigen hat er davongejagt, einen Grund fand er fast im-

mer, und wenn nicht, schuf er einen, so wie bei dir. Lediglich die Trine ist bei ihm geblieben, sie ist zwar brav, aber sie hat keine Kraft mehr zu gehen.«
»Und die kleine Antje, die ist lieb, Ahne. Sie kommt manchmal und spielt mit Sternchen oder einem Lamm.«
»Das stimmt, sie kommt auch zu mir, heimlich, dass es der Vater nicht sieht. Aber«, fügte sie trübe hinzu,»der Harter wird sie eines Tages an einen zweibeinigen Geldsack verheiraten, und dann wird sie genau so unglücklich werden wie ihre Mutter.«
Michael schwieg betroffen und dann fragte er: »Was soll nun werden, Ahne, was soll ich tun?«
»Gar nichts, gib mir den Fetzen, ich werde ihn verbrennen, und lass mich machen. Aber schweige gegen jedermann, denke an das Versprechen, das du mir gabst. Und nun lauf zu den Schafen und deinem tapferen Tyrax, habe keine Angst, es wird dir nichts geschehen.«

Am Abend desselben Tages, der Harterbur humpelte über den Hofplatz, rief ihn die Ahne zu sich: »Hinrich, auf ein Wort, ich habe mit dir zu reden.«
Der wandte sich um und erwiderte mürrisch: »Was gibt's, red' immerhin, ich hör'.«
»Nicht hier, wo ein paar Dutzend Ohren mithören, komm in meine Stube.«
Harter wurde es ungemütlich – die Alte konnte nichts gesehen haben, sie ging im Dunkeln nicht mehr vor die Türe, was also wollte sie?
»So, Hinrich, setze dich, im Stehen spricht sich's schlecht.«
»Setzen? Hab' keine Zeit dazu!« – »Dann wirst du sie dir nehmen, die Zeit! So, nun erzähl, wie war das letzte Nacht? Aber ich will die Wahrheit wissen, die Lügen taugen für's Gesinde.«

»Die Wahrheit kennst du, ich war auf den Weiden und bin gestürzt.«

Die Alte sah ihn an, lange und durchdringend, dass er den Blick senken musste.

»Gut, du willst es nicht anders, das kannst du haben. Höre, du warst nicht auf den Weiden, du warst bei den Schafen und hast versucht, ein Lamm zu stehlen.«

Harter lachte laut auf: »Und warum sollte ich solchen Unsinn tun?«

»Um es dem Jungen anzulasten, darum!«

»Und woher willst du das wissen? Hast du mich vielleicht gesehen?«, fragte er großspurig.

»Ja, ich habe dich gesehen. Du weißt, alte Leute schlafen nicht mehr so viel – ich hörte deinen Schrei, kenne deine Stimme, bist schließlich mein Sohn. Kurz danach sah ich dich über den Hof humpeln. Nie wärest du in den paar Minuten von den Weiden zum Harterhof gelangt, noch dazu mit dem Bein. Zudem fand ich nahe dem Pferch heute Morgen den Fetzen.« Sie zog das Tuchstück aus ihrer Rocktasche. »Genau das Stück, das an deiner Hose fehlt«, sie deutete auf den frisch aufgenähten Flicken. »Du bist ein Lump, Hinrich Harter, aber, du bist auch mein Sohn, und darum werde ich dich weder fallenlassen noch verraten. Nur eines rate ich dir, lasse die Finger von dem Jungen, er steht unter meinem Schutz, und wenn du dagegen handelst, so weißt du, dass des Pastors Hof nicht weit ist. Ich hoffe, du hast verstanden, und jetzt magst du gehen.«

Harter schlich sich davon, er hatte verloren, das wusste er, denn gegen den Willen der Ahne kam er nicht an. Doch tief in seinem verstockten Gemüt stieg eine Art Achtung auf, vor dieser Frau, die seine Mutter war. Michael erfuhr nie etwas von diesem Gespräch, er wunderte sich nur, dass der Bur ihn von Stund an in Ruhe ließ, ja ihm sogar aus dem Wege ging.

4

Inzwischen hatten die Frühjahrsstürme eingesetzt. Das Meer rollte und brauste, dass man es weit hören konnte.
»Was meinst du, Tyrax? Wollen wir wieder einmal zum Strand hin treiben, es muss schön sein, das Meer zu sehen, wenn es so wild braust und tobt.« Aber Tyrax schüttelte sich mit einem entschiedenen ›Wuff‹! Er liebte das Meer nicht.
»Aber hinter die Dünen könnten wir doch ziehen, dort sind wir geschützt und ich kann wenigstens einmal um die Ecke schauen.«
Tyrax gehorchte, aber man sah bis an die Schwanzspitze, wie zuwider ihm die ganze Sache war. Lange stand Michael und blickte hinaus auf die Wasser. Die Wellen trugen hohe, weiße Schaumkronen, hin und wieder überschlug sich eine und lief in Windeseile den Strand hoch, dann machte Michael einen Satz nach hinten, um nicht nass zu werden. Stundenlang hätte er diesem Spiel zusehen können. Am meisten jedoch ergriff ihn der gewaltige Gesang, diese immer wiederkehrende Ewigkeitsmelodie der Fluten.
»Wie die Sterne, sie kreisen auch im Gleichmaß durch alle Zeiten, nur sie sind stumm. Sind sie das wirklich? Oder haben wir kein Gehör für ihr Lied? Und, wie klänge es, so wir es hörten? Zart und silbern, wie gläserne Glocken? Oder in dunkel tönendem Summen eines unendlichen Atems? Atmeten die Himmel, atmeten die Meere?« Er wusste es nicht und stand wieder einmal hilflos mit seinen Fragen vor der eigenen Unwissenheit. Tief in Gedanken kehrte er um, legte sich zwischen die Schafe und schlief ein.

Wie lange er geschlafen, wusste er nicht, er erwachte durch einen stechenden Schmerz an seinem Bein. Er fuhr auf, da sah er, dass es Tyrax war, der ihm in die Wade kniff.
»Was soll das, Tyrax, bist du verrückt?«
Tyrax bellte aufgeregt unzählige ›Wuffs‹, sprang an ihm hoch, rannte weg, umlief die Herde, trieb sie dem Dorf zu, kam wieder zurück, sprang wieder hoch – Michael blieb stehen – ein Ton drang vom Meer her, ein Ton, der ihn erschreckte, das Meer brauste und tobte nicht mehr, das Meer brüllte! In dem Augenblick prasselte ein Sprühregen aus Wasser und Sand herab, dass die Schafe in wilder Flucht davonjagten, umkreist von dem bellenden Tyrax. Michael schüttelte sich Wasser und Sand aus den Haaren, und als er sich umwandte, sah er, dass eine Woge einen Teil der Düne in die See gerissen, und dort, wo sie gelagert, stand das Wasser mehr denn knöcheltief. – Tyrax hatte es gewusst – braver Tyrax. Aber wieso konnte Tyrax das im Voraus wissen? War das Tier den Menschen deshalb anvertraut, weil es Dinge fühlte, die uns verschlossen waren? Die Geschichte jenes Franziskus fiel ihm ein, der die Tiere Brüder genannt. Dann war das ja wie bei den Menschengeschwistern, wo auch jeder etwas Besonderes für sich wusste und konnte, und taten sie sich zusammen, waren sie doppelt tüchtig und stark. Inzwischen langte Michael bei der Herde an. Es dämmerte bereits, so besah er die Tiere und stellte fest, dass ihm weder eines fehlte noch zu Schaden gekommen war. Darum beugte er sich nieder, kraulte Tyrax und sagte: »Du bist der Größte, Tyrax, und viel, viel klüger als ich.« Selbstbewusst hob Tyrax die Schnauze, aber in seinen Augen las Michael: »Hättest du gleich auf mich gehört, wäre uns dieser Schrecken erspart geblieben.«

5

Es ging in den Frühsommer, Michael lag mit der Herde wieder einmal in Hofnähe, da sah er eines Nachmittags eine Gestalt auf sich zu wandern. Es war die kleine Antje.
»Ja, Antje, was willst du denn bei mir, und was trägst du in deiner Schürze?«
Antje legte den Schweigefinger auf den Mund und hob vorsichtig einen Schürzenzipfel – da sah er ein winziges rosa Schnäuzchen, ein Kätzchen, neugeboren, noch blind, schwarz mit weißen Pfötchen.
»Ich hab's heimlich weggenommen, der Vater wollte es ersäufen, die andern hat er schon ...«, sie brach ab und schluchzte.
»Und jetzt weißt du nicht, wohin mit ihm?«
Antje nickte schniefend.
»Es muss genährt werden, sonst stirbt es – wo ist dein Vater?«
»Zur Stadt, Vieh verkaufen, er kommt nich vor Abend.«
»Geh zur Ahne, Antje, sag' ihr einen Gruß von mir, die Ahne hilft dir bestimmt, und was wichtig ist, sie hat eine gute Hand für Tiere. Wie soll es denn heißen, dein Kätzlein?«
»Miezemau, so hab' ich seine Mutter sagen hören, also muss es wohl sein Name sein«, antwortete das Kind ernsthaft.
Michael lächelte: »So nimm deine Miezemau und bringe sie rasch zur Ahne, denn weißt du, Miezemau ist nicht nur sein Name, Miezemau heißt auch ›Hunger‹ und ›Guten Morgen‹, und ›Schlaf gut‹. Es heißt auch ›Ich hab' dich lieb‹. Miezemau heißt eben alles. Und wenn es etwas größer ist, dann musst du auf seine Augen achten, auf seine Ohren, auf alles eben, und wie es miezemau sagt, ob froh, ob traurig, ob wütend – so

hat es mich die Ahne gelehrt, und das stimmt, man kann es lernen.«

Aufmerksam hatte ihm Antje zugehört und dann sagte sie: »Ich will es lernen, und wenn es noch so lange dauert, ich will es lernen, danke Michael.«

Fürsorglich bedeckte sie ihre Miezemau mit dem Schürzenzipfel und ging davon. Von dem Tag an hatten die beiden ein Geheimnis zusammen, und obwohl sie nie wieder darüber sprachen, so wusste Michael, wenn ihm Antje fröhlich zuwinkte, dass es Miezemau gut ging.

Was Michael nicht wusste: dass Antje in den ersten Augusttagen bei der Ahne erschien und fragte: »Ahne, hast du Wolle für mich?«

»Sicher habe ich Wolle, aber wenn du für deine Puppe etwas stricken willst, nimmst du besser Garn, die Wolle ist dafür zu grob.«

Antje wackelte verlegen hin und her. »Ich will gar keine Puppenkleider stricken, ich will Handschuhe stricken, richtige Fausthandschuhe, und wenn sie zu Weihnachten fertig sein sollen, muss ich jetzt schon anfangen, weil es bei mir nich so schnell geht, wie bei dir, Ahne.«

»Gut, wie groß sollen sie denn sein, die Handschuhe?«

Antje legte ihre Hand auf den Tisch: »So wie für mich, nur ein bisschen größer rund herum.«

Die Ahne schmunzelte. »Dann werden sie aber zu klein sein für deinen Bruder Geert, und für den Vater erst recht.«

Antje schob trotzig das Kinn vor und antwortete: »Sie sind auch nich für die beiden, sie sind für Michael, zum Dank, weil er mir bei der Miezemau geholfen hat – und du kriegst auch was, aber das verrat ich nich«, setzte sie wichtig hinzu.

Die Ahne schwieg eine Weile, dann sagte sie: »Handschuhe, Antje, sind nicht leicht zu stricken, was meinst du, wenn wir uns zusammentun, ich übernehme die Handschuhe und du strickst einen Schal, einen Schal mit lustigen Fransen dran, willst du?«

Antje nickte ernsthaft. »Zeigst du mir, wie man das macht? Ich hab' noch nie ein' Schal gestrickt. Und wann fangen wir an, gleich?«

»Morgen, Kind, morgen, erst muss ich die Wolle bereit haben und Nadeln, dann können wir beginnen.«

So saß Antje mehrmals die Woche bei der Ahne und strickte.

Der September ging zu Ende, seit Tagen lief Michael umher, den Kopf voller Gedanken, ohne zur Klarheit zu kommen. Immer wieder stand er vor dem raschelnden Schilf, das sich langsam gelb färbte, fasste es vorsichtig an, ließ es aber sogleich wieder los und schüttelte unwillig den Kopf. Hier stand Schilf in großen Mengen, man durfte es holen, denn es gehörte niemandem. Selbst die Dorfarmen schnitten es, ohne dass sie einer daran hinderte. Und er brauchte doch nur wenig, kaum einen Arm voll. Eine Schale wollte er flechten aus Schilfblättern, eine Schale für die Ahne zu Weihnachten, damit er nicht wieder mit leeren Händen dastand. Selbst der geizige Harterbur verschenkte das Festessen, weil man am Weihnachtstag den andern eine Freude macht, vor allem denen, die man mag, das hatte Michael inzwischen begriffen – und er mochte die Ahne. Aber, wie an das Schilf herankommen? Genau das wusste er nicht. Es war zäh und scharf, übel hatte er sich die Hände zerschnitten, als er versuchte, es zu brechen. Man brauchte ein Haumesser und man brauchte Handschuhe, beides besaß er nicht, und so rauchte ihm der Kopf vor lauter Nachdenken. Es hatte ihn nie gestört, nichts zu besitzen, nun aber empfand er seine Armut schmerzlich. Warum ließ der Gott, von dem die Ahne sprach,

Menschen so arm sein, dass sie nicht einmal etwas verschenken konnten? Vielleicht gab es diesen Gott gar nicht, denn gesehen hatte ihn doch noch niemand.
Wenn es ihn aber nicht gab, wo war dann die Mutter? Saß sie einsam und verlassen auf jenem Widderstern? Und die anderen Verstorbenen? Jeder auf einem Stern für sich, so weit entfernt voneinander, dass sie sich nicht einmal einen Gruß zurufen konnten? Michael graute es, dass ihn fror. Nichts wusste er, nichts, und das Schlimmste, es gab keine Menschenseele, die er solch Schwieriges fragen konnte.
Jählings kochte der heiße Zorn in ihm hoch, und in unbeherrschter Wut drosch er mit seinem Hirtenstab auf das unschuldige Schilf ein, dass es krachend umknickte. Michael hielt inne – vor ihm lag gebrochenes Rohr, dazwischen Blätter, mehr als er nötig hatte. Er brauchte ja nur die Blätter, das Rohr konnte er andern lassen. Doch womit griff er sich diesen Schatz, denn gerade die Blätter waren es, die so höllisch wehtaten. Er wandte sich um, sah, dass er mutterseeelenallein war, da schlüpfte er kurz entschlossen aus den Hosen, fuhr mit beiden Händen in die Hosenbeine und begann aufzusammeln. Als er einen stattlichen Armvoll beisammen hatte, schleppte er ihn hinter die Büsche und bedeckte ihn mit Sand und Grasbüscheln. Keiner würde ihn hier finden, ihm gehörte dieser Armvoll, er hatte ihn gebrochen, ihn gesammelt, er war stolzer Besitzer eines Berges von Schilfblättern.
Die Hose in der Hand stand er da, eine tiefe Falte in der Stirn, dann zog er sich langsam an, setzte sich nieder und sein Blick ging über die Herde hin, über die vielen, vielen wolligen Tierleiber, die hin und her wogten, wie die Wellen der See an einem windstillen Tag, und mit seinen Blicken liefen seine Gedanken, weit, weit, bis sie dort anlangten, wo sich Erde und Himmel begegnen.

Wie war das denn gewesen, als das Rohr brach? Der Zorn hatte ihn übermannt, wie schon so oft, er wusste doch gar nicht, was er tat, es brach einfach aus ihm heraus. Und dann lagen sie plötzlich da, die begehrten Blätter, wie ein Geschenk. Ein Geschenk des Zornes? Konnte der Zorn schenken? Und wenn nicht der Zorn, wer dann? Immer noch heftete sich sein Blick in die Ferne – dort draußen, wo Himmel und Erde zusammentrafen, dort lag die Antwort, dort lag etwas Großes, Gewaltiges und strömte wie ein tröstliches Ahnen vom Erdenrand zu ihm. Da erhob sich Michael und suchte Tyrax. Lange saßen sie ohne Bewegung, dann beugte er sich zu dem Freund und fragte leise und mit tiefem Ernst:
»Tyrax, gibt es einen Gott?«
Tyrax schwieg. Und statt ›Wuff‹ zu sagen, hob er den Kopf seinem Herrn entgegen, und Michael erblickte in den klaren Hundeaugen nicht nur das Himmelsgewölbe im Schein der scheidenden Sonne, sondern auch ein solch unaussprechliches Vertrauen, dass es ihm fast den Atem nahm.
»Ja, Tyrax, du hast recht, es muss ihn geben, denn nur er konnte aus meinem unbändigen Zorn ein Geschenk machen.«
Aber, wenn das so war, dann gehörten die Blätter zwar ihm, aber sie waren nicht sein Besitz, denn er hatte sie nicht erworben, sie waren sein und doch nicht sein, eine verwirrende Geschichte. Er fühlte, wie er schrittweise aus sich heraustrat, seine Füße auf neues Land setzte, es war wie eine zweite Geburt. Er brach einen Grashalm, und ließ ihn zwischen den Fingern tanzen, sah die winzigen Fruchtknötchen im letzten Licht. Hatte er je bemerkt, wie schön das aussah? Er atmete tief und glücklich – er war zwar immer noch allein, aber er war angekommen, angekommen hier auf der Erde.
In dieser Stunde wurde der Waisenknabe Michael fromm. Ganz still geschah das, ohne viel Aufhebens, keine Kirchenglocke er-

scholl, kein Choral wurde angestimmt, er glitt hinein in Glauben, in Vertrauen, ohne dass er ein klares Bewusstsein davon hatte. Nur eine große Ruhe umgab ihn, wie er sie noch nie empfunden. Zu der Zeit ging Michael ins zwölfte Jahr, doch das wusste er nicht.

6

Noch kamen schöne, warme Herbsttage, die wollte er nutzen, um sein Geschenk für die Ahne zu flechten. An einem sonnigen Nachmittag wirbelte der Wind etwas über den Weg, und als Michael danach griff, sah er, dass es ein löchriges Küchentuch war, genau das, was er brauchte. Vorsichtig riss er es in Streifen, umwickelte damit seine Finger, und nun konnte die Arbeit beginnen. Er wässerte die Blätter im nahen Tümpel und klopfte sie mit einem Holzstück weich. Das hatte er den Frauen abgeschaut, wenn sie am Dorfrain saßen und sich ihre Vorratsschalen flochten. Es ging bei ihm zwar etwas mühsamer, denn die umwickelten Finger waren hinderlich, aber so blieben wenigstens seine Hände heil. Schon nach einer knappen Woche konnte er mit dem Rand anfangen. Den wollte er aus Binsen flechten, aus sattgrünen Binsen, hübsch würde das aussehen, die gelben Schilfblätter und der andersfarbige Binsenrand. Zuerst suchte er sich einen scharfkantigen Stein und schnitt mit ihm die Halme auf die richtige Länge.

Es war eine Freude, so zu werken, über sich die Sonne, unter sich die Erde, vor sich die Herde, Tyrax, Sternchen, und die Luft erfüllt vom gleichmäßigen Rauschen des Meeres. Michael war glücklich, glücklich und zufrieden. Er besaß ein paar Stofffetzen und ein brauchbares Steinmesser. Dass vor Urzeiten Menschen mit solchem Werkzeug hantiert, wusste er nicht, er schöpfte aus altem Wissen, das in ihm verborgen lag, denn die Erfahrungen verlieren sich nicht, mögen sie noch so lange zurückliegen. Das Menschheitsgedächtnis ist eine Kette, fest gefügt durch die Jahrtausende, weitergereicht von unzähligen Händen.

Als die Novembernebel ins Land fielen und das Meer seine Herbstmelodie anstimmte, dunkel und grollend, verwahrte Michael den letzten Binsenhalm an seiner Schale. Schön war sie geworden, wunderschön, genau so, wie er sie sich vorgestellt. Bis jetzt war es für ihn ein Leichtes gewesen, seine Habseligkeiten unterzubringen, denn er trug alles auf dem Leibe. Nun war das anders, er besaß eine Schale, und, auch wenn sie eigentlich der Ahne gehörte, musste doch er dafür sorgen, dass sie bis Weihnachten keinen Schaden nahm. Also wohin damit? Zum ersten Mal begriff er, dass Besitz nicht nur Freude bringt, sondern auch Sorgen.

Als er am Abend die Herde in den Stall trieb, sah er Antje über den Hof laufen.

»Antje, Antje!«, rief er. Das Kind blieb stehen und kam langsam näher. Michael zog die Schale unter dem Hemd hervor, wo er sie verborgen, und bat:

»Antje, bitte verstecke sie mir bis Weihnachten. Ich habe sie für die Ahne geflochten und nun weiß ich nicht, wo ich sie lassen soll.«

»Oh, ist die schön, gib her, ich lege sie in meinen Schrank, den öffnet nur die Mutter, und die Mutter ist lieb, die verrät nichts. Und am Christtag bringe ich sie der Ahne und sage, dass sie von dir ist. Weißt du, dann merkt es der Vater nich, das ist dir doch recht so?«

»Ja, Antje, das ist mir sehr recht, und ich danke auch schön.«

Hin und wieder gab es einen Tag, an dem kein Regen von Busch und Baum troff, sondern eine bleiche Wintersonne schien. Dann mussten die Tiere ins Freie, das wusste Michael, denn der Bur schimpfte: »Raus mit euch faulem Kroppzeug, raus in die Kälte, das gibt starke, gute Woll'!«

Und starke, gute Wolle gab Geld, auch das wusste Michael. Dem Bur machte die Kälte nichts aus, der hatte warme Klei-

dung die Menge, er aber fror jämmerlich. Was hätte ihn auch wärmen sollen außer Hemd, Hose und den Wollsocken vom letzten Christfest? So begegnete er eines Nachmittags dem Pastor. Michael grüßte und wollte sich vorbeidrücken, doch der Pastor blieb stehen: »Junge, zieh dir doch was über, du bist ja ganz blau gefroren!«
Michael lächelte verlegen: »Ich habe nichts, aber es geht schon, ich bin es gewohnt.«
»Du gehörst zum Harterhof, stimmt's?«
»Ja, Herr, ich bin der Hütejung' vom Harterbur.«
Der Pastor nickte und eine tiefe Falte grub sich in seine Stirn, dann wandte er sich um und stapfte davon. Kurz darauf lief er in den Hof ein und verlangte den Bur. Harter stolperte vor Schrecken aus dem Stall und lüpfte devot seine Kappe.
»Was gibt mir die Ehre, Herr Pastor?«
»Ob es eine Ehre ist, Harterbur, wird sich zeigen, und was ich zu sagen habe, ist schnell erledigt. Wie viele Winterjacken hat Ihr Sohn Geert?«
Harter starrte den Pastor an, als spräche er chinesisch. Was sollte das, seit wann kümmerte den Pastor die Bekleidung des Geert, oder meinte er, der reiche Bur sorge nicht gut für die Seinen? Und darum antwortete er großspurig:
»Drei bestimmt, schöne, warme Joppen, dem Geert fehlt es an nichts!«
»Das ist gut, das freut mich«, lachte der alte Herr und fuhr fort, »dann kann der Geert getrost eine an Ihren Hütejung' abgeben, der hat nämlich keine.«
Harter verschlug's die Sprache – nach einer Pause: »Der Geert soll – einfach hergeben, die gute Joppe? Dat köt Se nich verlangen, Herr Paster.«
Der Pastor entgegnete ernst: »Ich verlange es auch gar nicht, Harterbur, Er verlangt es. Oder kennen Sie das Gleichnis nicht

von den zwei Röcken? Gäbe doch eine gute Predigt für den nächsten Sonntag, meinen Sie nicht?«

Dem Harter wurde schwül, eine Sonntagspredigt – er wusste wie die ausging, hatte es oft erlebt, und sich gefreut, wenn es andere traf, diesmal jedoch war er dran. »Tscha, wenn Se menen, Herr Paster, denn will ik mal de Jopp halen, dat mutt ja wol nich de Sündagsjopp sien? Un denn is dat doch ok een godes Wark, oder nich?«

»Ja, Harterbur, das ist es, auch wenn ich kräftig nachhelfen musste. Und noch was, der Junge weiß nichts davon, hat sich auch nicht beschwert, mit keinem Wort. Ich denke, Sie wissen, warum ich das extra betone, und nun Gott befohlen!«

Harter buckelte noch, als der Pastor schon durchs Tor schritt, doch in ihm kochte es, dass es ihn schier erstickte. Daneben aber fühlte er sich sehr ungemütlich. Konnte der Pastor Gedanken lesen? Woher sonst wusste er, dass er den Jungen zur Rede stellen wollte, weil er sich über ihn, seinen Herrn, beschwerte? Und nun war ihm auch das verwehrt, nicht einmal ausschimpfen durfte er den Nixnutz, eine Joppe musste er hergeben – war er nicht mehr Herr im Haus? Und alles wegen dem Jung', immer wieder der Jung', wenn er ihn doch endlich vom Hof hätte!

Einige Tage später kam der Zufall dem Bur zur Hilfe, jedenfalls glaubte er das. Er war zu den Weiden gegangen, die Zäune mit Stricken für den Winter zu festigen, hatte aber sein Messer vergessen. Da sah er Michael mit den Schafen in der Nähe vorbeiziehen. Wenn er den nun um ein Messer frug, und er hatte eines, dann, so frohlockte Harter, dann war es gestohlen, denn woher sollte der Nixnutz ein Messer besitzen, und so rief er: »Jung', hast du en Messer?«

Michael blieb stehen: »Ja, Bur, hab' ich.«
Die Augen des Bur glitzerten vor Vergnügen: »Jetzt büst du dran, jetzt kummst du mi nich mehr ut«, murmelte er. Michael lief herzu.
»Was soll ich durchschneiden?«
»Hier, de Strick.«
Ruhig zog Michael sein Steinmesser aus dem Hosensack, und trennte den Strick mit einem Schnitt. Dem Bur blieb der Mund offen stehen. Was war das für ein Teufelskerl! Konnte er zaubern? Wer hatte schon je Stein schneiden sehen!
Und so fragte er dümmlich: »Dat ist doch een Steen?«
»Ja, Bur, es ist mein Steinmesser, ich habe es mir geschärft, auch mit einem Stein. Und Harterbur, ich bedanke mich auch für die Joppe, die mir die Magd gab, sie gibt wunderbar warm.«
Damit wandte er sich um und lief zurück zur Herde. Harter aber musste sich erst mal hinsetzen, ihm war ganz komisch, das ging doch nicht mit rechten Dingen zu. Da kam einer daher, besaß nichts, rein gar nichts, nicht einmal Eltern, und konnte Dinge, von denen er, der reiche Harter, nicht das Geringste wusste. Mit einem Stein schneiden, wer hatte je so etwas gehört! Warum nahm die Ahne den Jungen in ihren Schutz, jetzt sogar der Pastor? Was war nur dran an diesem Kind, dass Menschen wie die Ahne und der Pastor sich ihm zuneigten? Irgendwann hatte er gehört, dass es Heilige gab, aber die waren meist alt und graubärtig. Oder Engel, die gesandt sind, auf Erden zu wandeln – wenn nun dieser Michael gar ein Engel … Ihn gruselte, Angst ergriff ihn, eine Art Urangst. Er empfand solches zum ersten Mal. Wie hatte der Pastor zu Weihnachten gepredigt: »Und es waren Hirten in derselben Gegend auf dem Felde bei den Hürden, die hüteten des Nachts ihre Herde. Und siehe, des Herrn Engel trat zu ihnen, und die Klarheit des Herrn leuchtete um sie; und sie fürchteten sich sehr.«

Wenn selbst die frommen Hirten sich fürchteten, wie dann erst er. Damit wollte er nichts zu tun haben, das war etwas für alte Weiber und Pastoren, und darum beschloss Harter, sich noch mehr als bisher von Michael fernzuhalten.
Michael selbst merkte von alle dem nichts. Er nahm die Tage wie sie kamen, brachten sie Gutes, genoss er es, brachten sie Schlechtes, ertrug er es. Er hatte kein Ziel, er fühlte nur eine große Sehnsucht, eine Sehnsucht nach einem Leben außerhalb des Harterhofes, obwohl er sich keine Vorstellung machen konnte, wie es außerhalb des Hofes aussah, denn die Jahre mit der Mutter irgendwo in einer kleinen Stadt verblassten mehr und mehr. Was ihn allerdings bedrückte, je älter er wurde, war seine Unwissenheit. Er konnte noch immer weder lesen noch schreiben, ja nicht einmal zählen. Trotzdem merkte er sofort, wenn ein Schaf fehlte, er merkte es nicht mit dem Kopf, aber er war so eins mit den Tieren seiner Herde, dass er jede Unregelmäßigkeit fühlte. Darum war es ihm auch bis jetzt gelungen, sein mangelndes Wissen geheim zu halten. Nicht einmal die Ahne hatte bemerkt, wie dumm er eigentlich war. Die Angst aber vor Entdeckung hockte in einer Ecke seiner Seele und verfolgte ihn oft bis in seine Träume.

7

Es war ein paar Tage vor dem Christfest, Michael erwachte mitten in der Nacht durch eine Unruhe im Stall. Er vernahm laute Stimmen und dazwischen das angstvolle Brüllen einer Kuh. Im Nu war er hellwach. Eine Jungkuh sollte kalben, das wusste er. Und auch wusste er von den Schafen, dass manche Muttertiere sich beim ersten Mal aus Angst verkrampfen. Ohne zu überlegen fuhr er in die Hosen, beugte sich zu Tyrax. »Ich muss weg, Tyrax, sieh auf die Schafe, bis ich wiederkomme.«
Darauf bettete er Sternchen ins warme Stroh und rannte zum Kuhstall. Dort war alles in Aufruhr und brüllte durcheinander.
»Man muss den Tierarzt holen, am besten man schlachtet sie gleich.«
Michael drängte sich durch die Menge, sah das Tier liegen mit angstvoll aufgerissenen Augen, verkrampften Beinen und einem verspannten Leib. Klar und hell klang seine Stimme durch den Raum: »Lasst mich ran, ich mache das!«
Einen Augenblick herrschte Ruhe, dann brach Gelächter los: »Du, Dreikäsehoch, was willst du denn ausrichten!«
Michael kümmerte sich nicht um den Spott, sondern kniete sich nieder und fing an das Tier zu kraulen, oben zwischen den Hörnern. Dabei flüsterte er ihm leise beruhigende Worte zu. Und nun, es war nicht zu glauben, nun sang er sogar. Es war kein Lied, es waren lang gezogene Töne, auf und ab, auf und ab, eine harmonische Melodie im gleichbleibenden Rhythmus des Atems, und in eben dem Rhythmus strich Michael mit seinen Händen über den Leib der Kuh, immer und immer wieder. Zu Anfang hatte der eine oder der andere noch eine dumme

Bemerkung gemacht oder gelacht, jetzt herrschte Totenstille, alle starrten gebannt auf den Knaben und das Tier. Und nun sahen sie es; langsam entkrampften sich die Beine, langsam entspannte sich der Körper.

»Jetzt ist es gleich soweit, was jetzt kommt, schaffst du alleine, keine Angst, ich bleibe bei dir.«

Michael sprach ruhig und bestimmt. In dem Tierleib begann ein Wogen, dann ging es sehr schnell, und einige Zeit später lag ein gesundes, wohlgestaltetes Kälbchen im Stroh.

»Bist eine Brave, eine ganz Brave, Blesse«, lobte Michael, erhob sich und verließ wortlos den Stall. Einer stand da und stierte mit glasigen Augen vor sich hin, der Harterbur. Was er soeben erlebt, war so unglaublich, so jenseits von allem Begreifbaren, dass ihn, wie schon vor Wochen, ein Gruseln überfiel. Er zog den Kopf zwischen die Schultern und schlich sich unbemerkt davon.

Am Mittag stand plötzlich Trina, die Bäuerin, vor Michael und gab ihm etwas – als er es hochhob, sah er, dass es eine Hose war, zwar keine neue, aber eine aus gutem, warmem Stoff, und vor allem war sie lang genug.

»Danke, Frau Harter, aber weiß der Bur davon?«

Schroff antwortete die Frau: »Das ist meine Sache – sie ist dein, für das, was du heute Nacht getan hast.«

»Aber ich habe doch gar nichts getan, die Blesse hat doch alles alleine geschafft, ich habe sie nur ein wenig beruhigt.«

»Ich weiß, was geschehen ist, Junge, die Leute haben es mir erzählt. Einige sind noch jetzt ganz daneben von dem Erlebten. Darum nimm die Hose, denn was du heute Nacht getan hast, ist mehr wert als zehn Hosen.«

»Dann dank ich auch nochmals, und gebrauchen kann ich sie, das ist sicher.«

Als er am Abend unter seine Pferdedecke kroch, murmelte er

glücklich: »Tyrax, jetzt bin ich reich, stelle dir vor, ein Hemd, wollene Socken, eine lange Hose, eine warme Joppe und ein scharfes Steinmesser, wenn das nichts ist – schlaf wohl, Tyrax.«
In dieser Nacht träumte Michael das erste Mal von einem großen Segelschiff. Es fuhr am Himmel hin, zwischen den glitzernden Sternen, dann schwebte es wie mit Geisterflügeln herab, durchpflügte die nächtliche See und lief lautlos über Strand und Dünen bis mitten auf den Harterhof. Da stand es groß und dunkel und an seinem Bug entdeckte er im Schein des Mondes einen Widderkopf mit gedrehtem Gehörn.
»Das ist mein Widderschiff, das hat mir die Mutter geschickt«, dachte Michael und mit diesem Gedanken wachte er auf. Er blinzelte – eine ungewohnte Helle fiel durch das trübe Stallfenster. Hatte er verschlafen, dass es draußen schon so taghell war? Rasch zog er sich an und lief zur Türe – welch eine Pracht, es hatte geschneit, alles ringsum trug eine dicke Schneehaube, jeder Gartenpfosten, der Brunnen, der Holzstapel, selbst das Haus hatte sich eine dicke, weiße Pudelmütze übergezogen – und das am Weihnachtstag, konnte es etwas Schöneres geben?
Und wie hatte die Ahne ihm erzählt: »Was man in die Weihnachtstage hineinträumt, ist etwas ganz Besonderes, und manchmal geht es sogar in Erfüllung.«
Da erinnerte er sich des Segelschiffes, wie es großmächtig auf dem Hofplatz gestanden, und ihm wurde ganz seltsam zumute. Ein Segelschiff war für ihn nämlich wunderbar, ein richtiges Traumschiff, wenn es mit geblähten Segeln dahinfuhr. Das war etwas anderes als diese langweiligen Dampfschiffe, wie sie hin und wieder am Horizont entlangzogen, dunkle Rauchwolken in die Luft blasend. Ab und zu, an Nebeltagen, stießen sie schauerliche Heultöne aus, die weit über die Wasser bis zu ihm drangen. Er liebte die Dampfschiffe nicht, er liebte die Se-

gelschiffe, sie bewegten sich durch den Wind, und den Wind kannte er, der Wind war ihm vertraut. Was aber die Dampfschiffe antrieb, begriff er nicht. Sie hätten irgendetwas in ihrem Rumpf, was darin herumstampfe, wie ein gewaltiges Tier, und diese Kraft hieß sie schwimmen, einmal schnell, einmal langsam, wie eben dieses Tier Lust hatte zu stampfen. So hatte er die Knechte sagen hören, und von all dem verstand er nichts und zu fragen getraute er sich schon gar nicht.
Als Michael am Abend zum Weihnachtsessen ins Haus ging, knirschte der Schnee bei jedem Schritt und die Eiszapfen wuchsen an Dachrinne und Brunnenrohr, so kalt war es. Hoffentlich vergaß Antje nicht die Binsenschale, und hoffentlich war sie der Ahne auch schön genug. Doch da konnte er sich beruhigen; als er die große Stube betrat, kam die Ahne schon auf ihn zu und sagte:
»Michael, das war eine Überraschung, noch nie hatte ich eine solch schöne Schale, das hast du gut gemacht, sei vielmals bedankt. Antje hat mir ein Kränzchen gebunden aus Tannenzweigen, Zapfen und roten Bändern, das hängt jetzt an meiner Türe. Eure beiden Geschenke haben mich am meisten gefreut. Und wenn du nachher schlafen gehst, sieh unterm Stroh nach, da liegt etwas für dich vom Christkind.«
Und so war es. Da lag ein Bündel mit rotem Band umwunden, darin fand Michael ein Paar Fausthandschuhe, eine warme Pudelmütze und einen Wollschal mit bunten Fransen. Die Fausthandschuhe und die Mütze waren angefüllt mit Äpfeln, Nüssen und Spekulatius. Wieder feierte er mit seinen vierbeinigen Freunden ein stillvergnügtes Fest. Er hatte sich die Pudelmütze über die Ohren gezogen, den Schal um den Hals geschlungen und fühlte sich reich wie ein König.

Als sich Michael bei der Ahne bedankte, erfuhr er, dass die kleine Antje den Schal für ihn gestrickt, mit viel Geduld und Mühe in langen Wochen. Nachdenklich ging er davon. Und er? Was hatte er für Antje gehabt? Nichts! Wieso war ihm nicht eingefallen, dass auch sie beide Freunde waren? Was sollte er nur tun? Sollte er warten bis Weihnachten im nächsten Jahr? Das dauerte doch so unendlich lange, und was konnte man aus Schilfblättern flechten, um ein kleines Mädchen damit zu erfreuen? Ob er die Ahne frug?
»Ja«, meinte die, »da wüsste ich schon was. Traust du dich, ein Körbchen zu flechten? Ein kleines Körbchen mit einem Henkel aus Binsen? Damit könnte sie mich auf meinen Beerengängen begleiten, das wäre doch was. Das schenkst du ihr dann zum Osterfest, dann muss sie nicht gar so lange warten.«
Und darum brach Michael wieder Schilf, diesmal nicht im Zorn, sondern voll Freude am Tun für einen andern. Und darum wurde es auch ein wunderschönes Körbchen, mit einem festen Henkel, den man bequem über den Arm hängen konnte. Und die kleine Antje war ganz glücklich damit und zeigte es stolz überall herum, nur den Vater ließ sie aus, weil sie spürte, dass er Michael nicht mochte. Warum das so war, verstand sie nicht, und deshalb saß sie eines Nachmittags bei der Ahne.
»Ahne, warum mag Vater den Michael nich, er hat ihm doch nichts Böses getan, im Gegenteil, er hat die Kuh und das Kälbchen gerettet, sagt die Mutter, und fleißig is er auch, da müsst ihn der Vater doch mögen, oder nich?«
Die alte Frau schwieg lange. Was sollte sie dem Kind antworten? Sagte sie die Wahrheit, musste sie den Vater vor den Ohren seines Kindes schlecht machen, und das widerstrebte dem Wesen der Ahne zutiefst. Außerdem, wusste sie, ob sie das alles richtig sah? War der Sohn wirklich so abgrundschlecht, oder glomm auch in ihm ein Funken Sehnsucht nach dem Guten?

War sie der liebe Gott, der einem Menschen ins Herz sehen konnte? Was also durfte sie antworten?
Langsam begann sie zu reden: »Ganz ehrlich, Antje, ich weiß es auch nicht, aber ich denke, die beiden sind sehr verschieden, und darum verstehen sie sich nicht gut. Für Michael ist das nicht schlimm, der lebt vor allem mit seinen Tieren. Dein Vater aber lebt mit den Menschen, und deswegen fühlt er sich unsicher, wenn er jemanden nicht versteht. Mancher bekommt sogar Angst, wenn er Fremdem begegnet, und Angst, Antje, ist kein guter Ratgeber, das verstehst du doch?«
Das Kind nickte ernsthaft.
»Und deshalb bekämpfen die Leute das Fremde oder sie gehen ihm aus dem Wege, und das sieht dann so aus, als mögen sie es nicht. So ist das, glaube ich, zwischen deinem Vater und Michael.«
»Glaubst du, dass Vater Angst hat vor dem Michael?«, fragte Antje.
»Kannst du dir vorstellen, dass dein Vater überhaupt vor irgendetwas Angst hat?«
»Eintlich kann ich mir's vorstelln, und eintlich auch wieder nich«, antwortete Antje nach einigem Nachdenken, »denn manchmal schaut Vater den Michael an, wie meine Miezemau schaut, wenn ich ihr ausschimpfe, weißt du, so von unten her, wie vor Angst. Aber Michael hat den Vater doch ganich ausgeschimpft, warum ist das denn so?«
Die Ahne lächelte und sagte: »Weißt du, Antje, wir wollen einfach daran glauben, dass es Dinge gibt, vor denen selbst dein Vater Angst hat, ich denke, damit helfen wir ihm am besten.«
Zweifelnd meinte das Kind: »Das kann ich nu ganich mehr verstehn.«
»Glaubst du, dass ich nichts Unwahres sage, glaubst du mir das?«

Voller Vertrauen blickte Antje in das Gesicht der Frau und antwortete schlicht: »Ja.«
»Siehst du, das ist gut, das genügt vorerst, das Verstehen kommt noch, später, wenn es an der Zeit ist. Nur, vergessen, Kind, vergessen solltest du nicht, was wir heute zusammen geredet haben.«

8

Einige Wochen später, die Wiesen standen im saftigen Grün, hängte sich Antje voller Stolz ihr Körbchen über den Arm. Die Ahne hatte sie geschickt, jungen Löwenzahn sammeln: »Das gibt guten, billigen Salat und gesund ist er obendrein. Und vielleicht siehst du Michael, der freut sich, wenn du sein Geschenk gebrauchst.«
Nun Michael begegnete sie nicht, aber dem Vater. Rasch wollte sie vorbeischlüpfen, doch der Bur rief sie an, deutete auf den Korb und sagte: »Wo hest du de her? För son dumm Tüch heff ik keen Geld.«
Antje blieb erschrocken stehen und, das Körbchen fest an sich pressend, antwortete sie scheu: »Der is nich für Geld, Michael hat ihn mir geflochten zum Osterfest.«
»Der! «, lachte Harter, »de kann doch nix!«
In Antje wollte die gewohnte Angst aufsteigen, da entsann sie sich des Gespräches mit der Ahne und sie hob den Kopf, sah den Vater freimütig an und entgegnete ruhig:
»Der Michael kann viel, er kann Körbe flechten, er kann Schafe hüten, er kann Steinmesser machen, die schneiden, er hat der Kuh geholfen, ein Kälbchen zu kriegen, ganz ohne Dokter.« Und trotzig setzte sie hinzu: »Außerdem ist Michael mein Freund, und darum darf er mir auch was schenken.«
»Zeig her!« Barsch sagte es Harter. Zögernd reichte das Kind den Korb hin, der Bur drehte ihn um und um und brummte: »Dat's gode Arbeit«, gab ihn zurück, wandte sich und stapfte davon. Antje stand sprachlos; sollte die Ahne wirklich recht haben, und der Vater hatte soeben etwas begriffen, was ihm vor-

her fremd war? Wie hatte die Ahne gesagt: »Mancher bekommt sogar Angst, wenn er Fremdem begegnet.«
Und wie war das denn mit ihr selbst? Bisher hatte sie Angst gehabt vor dem Vater, und heute war sie mutig gewesen, und siehe da, der Vater konnte sagen: »Dat's gode Arbeit.« Die Ahne hatte also recht, Angst war kein guter Ratgeber, voller Glück jubelte Antje »Juhu!«, und wirbelte davon, ihre Löwenzahnblätter zu suchen.
Nicht, dass der Harterbur nun ein liebens- und ehrenwerter Mann geworden, nein, das nicht, aber dass er das Körbchen zurückgegeben, statt es unterm Schuh zu zertreten, ja, sogar sagte, es sei gute Arbeit, das war für ihn schon eine ganze Menge. Auch von dem Fremden, was zwischen ihm und Michael gestanden, war ein wenig gewichen, denn gute Arbeit ging dem Harter nahe, vor allem wenn sie nichts kostete. Michael selbst hatte von all dem keine Ahnung, er lebte seine Tage mit den Tieren und einer großen Sehnsucht nach Wissen und Weite. Seine Augen bekamen dann einen merkwürdigen Glanz und verloren sich in der Ferne, dort wo Himmel und Meer sich berühren.
Wenn er hin und wieder mit dem Bur zusammentraf, dann fiel ihm auf, dass dieser ihn anders ansah. Da war nicht mehr das Böse, Verschlagene, sondern es war jener Blick, von dem die kleine Antje zur Ahne gesprochen: »So von unten her, wie vor Angst.« Und so war das auch. Der Harterbur betrachtete Michael mit Unsicherheit, immer wieder gingen seine Augen vom Kopf über den Rücken, ob sich nicht etwas Ungewöhnliches zeige, ein lichter Schein vielleicht, oder ein Anzeichen von Flügeln unter dem derben Hemd – es mochte doch sein, dass was dran war an dem Gemunkel, von den Engeln auf Erden. Und, dass er, der reiche Harterbur, kein Gott wohlgefälliges Leben führte, das wusste er, und dass ihm deshalb die

Engel, gleich welcher Gestalt sie sich bedienten, nicht wohl gesonnen sein konnten, das eben war es, was ihn so unsicher machte und ihm die Angst auftrieb, sobald er Michael nur von Weitem sah.

Je weiter es ins Jahr ging, die langen Tage und die kurzen, hellen Nächte kamen, umso öfter und lebendiger musste Michael an seine Mutter denken. Warum das so war, wusste er nicht, es geschah einfach, vor allem unter dem glitzernden Sternenhimmel. Obwohl man das Widdergestirn längst nicht mehr sah, fühlte er die Mutter nah, als weile sie sichtbar auf jenem großen Widderstern, dem Mutterstern, wie er ihn auch nannte.
In dieser Zeit saß er eines Nachmittags mit der Ahne in einer warmen Wiesenkuhle. Sie hatten eine Weile über alles Mögliche geschwatzt, nun frug sie: »Sag, Junge, weißt du denn gar nicht wo du herkommst? Du musst doch außer ›Michael‹ noch einen Namen haben.«
»Wenn ich einen habe, Ahne, dann kenne ich hin nicht.« Sein Gesicht verschattete sich. »Ich weiß doch gar nichts, ich bin so bodenlos dumm, zum Glück hat das noch keiner gemerkt, sonst ...«
Er schwieg und starrte trotzig vor sich hin.
»Sonst was?«, forschte die Ahne. Michael zögerte, dann antwortete er leise: »Sonst könnte es sein, dass ich zuschlage, wenn mich einer verlacht.«
Danach war erst einmal Stille. So kannte sie Michael nicht, was war nur in ihn gefahren? Aber sie ließ nicht nach:
»Weißt du, Michael, es tut einem nicht gut, wenn man gar nichts weiß von sich selbst. Du willst doch nicht ewig auf dem Harterhof bleiben, und sieh, wenn du einmal woanders hingehst, werden die Leute dich fragen nach deinem Namen, wann du

geboren bist und wo, wer deine Eltern waren und wie sie hießen, denn dass man ein Niemand ist, das erlaubt die Obrigkeit nicht.«
»Wer ist die Obrigkeit?«
»Das sind die Menschen, die regieren, die dafür sorgen, dass Ordnung ist im Land und Frieden, die Schulen bauen, damit die Kinder etwas lernen, Lesen, Schreiben, Rechnen. Dafür gibt es die Obrigkeit.«
Bei den letzten Worten schlug Michael die flammende Röte ins Gesicht – jetzt war es wohl an der Zeit, von etwas anderem zu reden und darum meinte er lachend:
»Dann werde ich weggehen in ein Land, wo es diese Obrigkeit nicht gibt.«
»Oh Michael, ich befürchte, dass solch ein Land nicht zu finden ist. Wenn du auf einem Schiff anheuerst, will der Kapitän deinen Namen wissen, denn auf dem Schiff ist der Kapitän die Obrigkeit.«
Michael schwieg betroffen. Die Ahne betrachtete sein müdes, trauriges Gesicht, da legte sie ihm tröstend die Hand auf den Arm und sagte:
»Versuchen wir es gemeinsam, vielleicht finden wir ein Tüttelchen Erinnerung. Wie hieß deine Mutter?«
»Meike.«
»Und wie noch? Wie sagten die Nachbarn zu ihr?«
»Sie sagten alle Meike, was anderes habe ich nie gehört.«
»Sprach sie je von deinem Vater?«
»Ich habe keinen Vater.«
»Michael, jeder Mensch hat einen Vater, überlege gut. Sprach sie niemals von einem Mann?«
Michael dachte nach: »Einmal war das, wir schauten hinauf zu den Sternen, da sagte sie, und ihre Stimme klang ganz komisch: ›Dies ist der Widder, im Zeichen des Widders bist du geboren – wie er.‹ Aber wer ›er‹ ist, hat sie nicht gesagt, und

fragen traute ich mich nicht, ihre Augen waren so traurig, außerdem, ich war ja noch klein, musste noch auf einem Kissen sitzen beim Essen, und ich glaube, wenn man so klein ist, fragt man so was nicht.«

Die Ahne nickte: »Da magst du recht haben, und wahrscheinlich wusstest du auch gar nicht, was ein Vater ist.«

»Wusst ich auch nicht, ich hatte eine Mutter, die war lieb. Dass es einen Vater gibt, erfuhr ich erst auf dem Harterhof, und da war ich froh, dass ich keinen hatte.«

Erschrocken hielt er inne: »Bist du mir jetzt gram, Ahne, hab' ich dich gekränkt?«

Die Frau schüttelte den Kopf: »Du hast die Wahrheit gesagt, warum sollte ich dir gram sein? Trotzdem ist es hart für eine Mutter, solches zu hören. Aber nun wieder zu dir, wo habt ihr gewohnt?«

»In einem winzig kleinen Haus, kleiner als deines, aber einen Garten hatten wir mit vielen Blumen und einem Apfelbäumchen. Das war gut, es warf mir im Herbst die Äpfel vor die Füße, ich brauchte sie nur aufzulesen.«

»Wo stand das Haus? In einer Stadt? In einem Dorf? Am Meer?«

»Das weiß ich nicht mehr genau, aber wir wohnten irgendwo außen vor, und eine richtige, große Stadt war es, glaube ich, nicht, und Meer gab's keines, bestimmt nicht, denn die Mutter hasste das Meer, einmal sagte sie zum Nachbarn: ›Das Meer ist böse, es nimmt uns fort, was wir lieben.‹ Darum glaubte ich auch lange, das Meer sei ein böser, wilder Mann, bis du mir etwas anderes erklärtest, weißt du noch?«

»Ja, ich weiß das noch, Michael, damals begegneten wir uns zum ersten Mal.«

»Ist es lange her?«

»Wie man's nimmt, sechs bis sieben Jahre ist es schon, und ich kann mir heute noch nicht verzeihen, dass es so lange dauerte,

bis ich merkte, wie schlecht der Bur dich hält, obwohl ich's hätte wissen müssen.«
Michael saß da, ganz still mit gefurchter Stirn und starrte vor sich hin.
»Junge, was ist dir, hörst du mir überhaupt zu?«
Langsam hob er den Kopf und sein Blick kam von weit her als er antwortete:
»Nein, ich war fort, es ist seltsam, seitdem du mich ausfragst, kommen Bilder, die ich längst vergessen habe, das Häuschen zum Beispiel, der Garten mit dem Apfelbäumchen, alles ist wieder da, ich bin darin herumgegangen, sogar die Stimme der Mutter konnte ich hören, wenn sie mich zum Essen rief – und nun suche ich den Namen der Stadt, ich spüre ihn deutlich, aber ich kann ihn noch nicht finden.«
»Du wirst ihn finden, Michael, du musst nur feste dran denken, darfst nicht nachlassen, und was wir heute gefunden, musst du bewahren, darfst es nie wieder fallen lassen, am besten schreibst du es auf.«
Michael zuckte zusammen – aber er schwieg. Doch als er am Abend bei seinen Tieren lag, die Sternbilder des Sommers kreisten über ihm, murmelte er vor sich hin: »Meike, Meike, winzig kleines Haus, Blumengarten, Apfelbäumchen, das Meer ist böse, es nimmt uns fort, was wir lieben ...«
Immer wieder murmelte er dieselben Worte, bis er einschlief.
Im Traum lief er, lief, suchte nach einer kleinen Stadt und kam an einer Windmühle vorbei, einmal und noch einmal, deutlich konnte er sie sehen, wie sie dastand, dunkel gegen den hellen Himmel, und ihre Flügel drehten sich im Wind. Als er im ersten Frühlicht erwachte, stand die Mühle noch immer vor ihm, dunkel gegen den hellen Himmel, und winkte ihm zu mit ihren Flügelarmen. Er sprach mit niemandem darüber, aber er bewahrte das Bild in sich, um es nicht zu verlieren. Auch über

den Traum mit dem Segelschiff sprach er nicht, auch ihn behielt er für sich.
Eine tiefe Scheu verschloss ihm den Mund, eine Scheu vor Dingen, von denen er nichts wusste. Woher kamen ihm solche Träume, wie entstanden sie, wo entstanden sie? Gab es Wesen, die einem solches im Schlaf zuflüsterten, und wo lebten diese Wesen? In welchem Land? In den Wolken? Bei den Sternen? Bei den Sternen!
Michael setzte sich auf. Wenn sie von den Sternen kamen, dann konnte es sein, dass die Mutter sie geschickt, als Gruß, als Geschenk – er schloss die Augen, ließ die Sonne über sein Gesicht laufen, spürte ihre Wärme und fühlte sich umhüllt und froh wie seit langem nicht. Über all dies schwieg er zu jedermann, denn ihm war, als verlöre er etwas, wenn er darüber sprach. Ganz fern dämmerte ein Erinnern herauf, weit zurück aus seinen Kindertagen – ein kleines Fenster, durch das der Mondschein ins Zimmer fiel, eine Stimme, leise und eindringlich: ›Von den Gaben der Feen darf man nicht sprechen, sonst verschwinden sie, und man ist arm und einsam wie zuvor.‹
War es die Stimme der Mutter gewesen, oder hatte er auch dies geträumt, wie das Segelschiff und die Windmühle? Er wusste es nicht, nur dieser eine Satz war ihm geblieben, alles andere ruhte im dunklen Schacht des Vergessens. Was aber waren Feen? So etwas Ähnliches wie Engel? Die Stimme hatte geheimnisvoll und gütig geklungen, also konnten die Feen nichts Böses sein. Und darum beschloss Michael, diesem Satz zu gehorchen und zu schweigen, so sehr ihn die vielen Fragen auch bedrängten. Wie hatte die Ahne gesagt: »Du wirst ihn finden, Michael, du musst nur feste dran denken, darfst nicht nachlassen …«
Vielleicht war das mit den Antworten genau so wie mit dem Namen der kleinen Stadt, dass sie von irgendwo her anflogen oder auftauchten, wenn ihre Zeit gekommen. Er wollte einfach

daran glauben, das beruhigte und gab ihm Sicherheit. Eines jedoch begriff Michael noch nicht, dass all seine Gedanken, alles was in ihm aufstieg aus Vergangenem, wie das Wasser aufsteigt aus den Tiefen der Erde, dass dies ein Schatz war, ein Wissen, ungleich größer und wertvoller als das Wissen des Lesens, Schreibens oder der Beherrschung der Zahlen. Längst konnte er das bisschen Erinnern wie aus einem Buch in sich ablesen, hin und wieder geisterte die Windmühle durch seine Träume, das Bild des schwebenden Segelschiffes aber überragte alles.

9

Und dann kam jener Tag im hohen Sommer. Michael trieb die Herde in die Nähe der Weiden, als er Stimmen hörte. Der Bur war es und der Großknecht, die an den Zäunen besserten.
»Bur, wissen Sie schon, der Kröger Willem muss die Eckweide verkaufen!«
»Die Eckweide, die an die Meine grenzt, auf die ich schon lange scharf bin?«
»Dieselbe.«
Der Bur lachte: »Das's good; wenn er muss, kann ich ihn drücken, dann bestimm' ich den Preis, nich er, oder aus dem Handel wird nix. Jo, jo, wi heet dat: Wat de een sin Ul, is de anner sin Nachtigall!«
Michael blieb stehen, starr, als hätte der Blitz vor ihm eingeschlagen. »Ul«, dieses eine kurze Wort kannte er, auch wenn er es die längste Zeit vergessen hatte. Er setzte sich ins Gras, Tyrax scharte die Herde zusammen, Michael kümmerte es nicht – »Ul«, das war der Faden, an dem er entlanglaufen musste. Warum, wusste er nicht, aber dass dieses kleine Wort mit ihm zu tun hatte, dessen war er sicher, warum sonst hätte es ihn so getroffen?
»Ul«, immer wieder sagte er das Wort vor sich her. Eine Ul war eine Eule, ein Vogel der Nacht, nur gesehen hatte er noch keine. War sie groß? War sie klein? Er griff erneut nach dem Faden »Ul«. Wen konnte er fragen, wie eine Ul aussah, ohne verhöhnt zu werden? Die Ahne, sie war gut und sie war klug, sie würde helfen. Bis er sie traf, durfte er das Wort allerdings nicht vergessen. Ul, Ul, immer wieder Ul.

Nach einigen Tagen sah er sie von Weitem und winkte ihr. Sie kam näher:
»Nun, Michael, bist du ein Tüttelchen weitergekommen?«
»Ich weiß es nicht, aber da ist ein Wort, das hat mich getroffen, ich bin richtig erschrocken, als ich es hörte, nicht vor Angst, sondern weil ich es kannte, sehr lange schon, es war für mich ein wichtiges Wort, aber warum, das habe ich vergessen.«
Die Ahne lächelte: »Und was war das für ein geheimnisvolles Wort?«
»Ul«, und zögernd fragte er: »Ich weiß, was eine Ul ist, habe aber noch nie eine gesehen, kannst du mir sagen, wie sie aussieht?«
»Sagen, Michael, ist schwierig, aber zeigen kann ich dir eine. Ich besitze ein Bild, weißt du was, morgen, wenn die Sonne hoch steht, bin ich in der Wiesenkuhle hinter den Dünen und bringe es dir, dort können wir in Ruhe reden und keiner stört uns.«
Schon am frühen Vormittag lagerte Michael mit der Herde um die Wiesenkuhle. Die Sonne wanderte, und als sie am höchsten stand, kam die Ahne, den Korb am Arm, in dem säuberlich in ein Tuch gewickelt ein Buch lag. Michael wurde es schwül, hoffentlich bat sie ihn jetzt nicht zu lesen. Doch nichts dergleichen geschah, die Ahne setzte sich, breitete das Buch auf ihre Knie:
»Sieh, Junge, das ist eine Ul.«
Michael schaute auf das Bild, schaute und schaute, wollte sprechen, aber aus seinem Mund kam nur ein gurgelnder Laut. Erschrocken blickte die Ahne hoch: »Michael, um alles, was ist?«
Er starrte auf das Buch, deutete mit zitterndem Finger auf das Bild und stotterte:
»Das, das ist dasselbe Buch, dasselbe Bild, das ist der Mann mit der Ul, es gibt ihn also, die Mutter hat mir das Bild gezeigt, hat mir von ihm erzählt.« Er fing an zu kichern. »Es waren lustige Geschichten, ich weiß sie nicht mehr, aber dass sie lustig wa-

ren, das weiß ich noch – Ahne, es ist plötzlich alles wieder da.«
Und nach einer Pause: »So viel ist wieder da – ich glaube, er hat Ulen gebacken – und er hat in unserer Stadt gelebt, ist auch dort verstorben.«
Lange war Stille, dann sprach die Ahne und ihre Stimme klang froh:
»Michael, ich glaube, heute sind wir einen großen Schritt weitergekommen. Ich weiß, wer der Mann auf dem Bild ist, und ich weiß auch, wo er gelebt hat und starb. Es ist Moelln – und wenn alles stimmt, was wir gefunden haben, dann bist du wahrscheinlich in Moelln geboren, und dort dürfte auch deine Mutter begraben liegen.«
Michael saß ganz still, ein glückliches Lächeln im Gesicht und murmelte: »Moelln.«
»Ja, Moelln, merke es dir gut, Junge, es ist sehr wichtig für dich, schreibe es dir auf, wie alles andere auch.«
Michael antwortete ruhig und bestimmt: »Das, Ahne, werde ich nie vergessen, aber jetzt habe ich eine Bitte: Kannst du mir die Geschichte erzählen, wie der Mann die Ulen gebacken hat? Denk' doch nur, wie lange ich sie nicht gehört habe.«
»Willst du sie nicht lieber lesen? Ich leihe dir das Buch.«
»Es könnte was drankommen, hier bei den Schafen«, meinte Michael vorsichtig, »und außerdem, Erzählen ist viel schöner als Lesen.«
Da begann die Ahne: »Vor vielen hundert Jahren lebte ein junger Mann namens Till. Er war ein Schalknarr, ein kluger Kopf, der die Leute gerne nasführte – und er war ein Wanderbursche.«
Michael hatte sich zurückgelehnt und lauschte mit geschlossenen Augen der raunenden Stimme der Alten.
»So kam er eines Abends vor die Tore der Stadt Braunschweig, und weil er müde und hungrig war, suchte er Arbeit und Her-

berge. Er streifte durch die Gassen, sah einen Bäcker vor seinem Laden stehen, und da es so herrlich nach frischem Brot duftete, dachte er: ›Das wäre ja nicht übel, verhungern kann ich bei der Arbeit jedenfalls nicht‹, und er ging hin und fragte: ›Grüß' euch, Meister, könnt ihr einen tüchtigen Gesellen brauchen?‹ Der Bäcker war hocherfreut, denn er brauchte wirklich einen. Die ersten beiden Tage lief auch alles recht gut, niemand merkte, dass Till vom Backen soviel Ahnung hatte, wie die Kuh vom Tanzen. Dann aber kam jener Abend, an dem der Meister sich einen freien Tag gönnen wollte, und er sagte zu Till: ›Jetzt übernimmst du die Backstube, ich gehe zu Bett.‹ – ›Ich?‹, fragte Till. ›Und was soll ich backen?‹ Der Meister fuhr ihn an: ›Was soll ich backen? Was soll ich backen? Blöde Frage!‹, und höhnisch setzte er hinzu: ›Eulen und Meerkatzen, wenn dir nichts Besseres einfällt!‹, schlug die Tür zu und ging schlafen.
Till ließ sich das nicht zweimal sagen, er buk und buk, die ganze Nacht durch, und als der Meister nach einem erholsamen Schlaf erschien, meinte er vor Wut zu bersten – überall standen und lagen knusprig gebackene Eulen und Meerkatzen. ›Du Lumpenkerl, was hast du für ein Kroppzeug gebacken!‹ Erstaunt antwortete Till: ›Eulen und Meerkatzen habt Ihr befohlen, wenn mir nichts Besseres einfällt, und‹, er zuckte bedauernd mit den Schultern: ›mir ist eben nichts Besseres eingefallen.‹
Da griff der Meister nach der nächsten Backschaufel, um damit auf Till einzudreschen. Der rannte los und rief: ›Ihr braucht mich nicht zu schlagen, ich gehe schon, gehabt euch wohl!‹ – ›Hier geblieben, erst zahlst du mir den Teig, den du vertan hast.‹ Till kramte in seinen Taschen, zählte einige Münzen auf den Tisch und meinte harmlos: ›Jetzt gehören die lieben Tierchen aber mir‹, packte alles in einen Korb und suchte schleunigst das Weite. Mit langen Schritten eilte er zum Kirchplatz, bot dort

seine Eulen und Meerkatzen zum Kauf an und hatte großen Erfolg damit. Im Nu war der Korb leer, und Till verdiente einen schönen Batzen Geld. Als dies der Meister hörte, wurde er grün vor Zorn: Der gute Teig, das viele Holz, das der schlechte Geselle verbrannt, und das Geld das er dafür eingesteckt – doch Till war längst über alle Berge, und die Braunschweiger lachten noch lange über den geprellten Bäckermeister – denn, wer den Schaden hat, braucht sich um den Spott nicht sorgen.«

Die Ahne hatte geendet, und nach einer Weile sagte Michael leise: »Danke, das war wie Weihnachten – ich saß in dem Häuschen bei der Mutter, der Mond schien durch das kleine Fenster in unsre Stube, und draußen rauschte der Wind im Apfelbäumchen.«

Seit jenem Hochsommertag trug Michael den Kopf höher, denn seit jenem Tag war er jemand, die kleine Stadt hatte einen Namen, und daher hatte auch er einen Namen, er war nicht einfach Michael, er war Michael aus Moelln, und das machte ihn sicherer und stolz. Fest hielt er den Faden in der Hand, und er würde ihn nie mehr loslassen, ehe er nicht da angekommen, wo er hin wollte. Vielleicht, so hoffte er, fand er am Ende des Fadens nicht nur seinen vollen Namen, sondern auch eine Spur seines Vaters. War er mit seinen Wunschgedanken an diese Stelle gelangt, beschlich ihn Angst. Was, wenn sein Vater ein Mensch war wie der Harterbur? Ihn fror – doch dann dachte er an seine Mutter – nie, gar nie hätte sich diese Frau einem Manne wie dem Harterbur anvertraut, ihn gar geliebt.

Michael konnte zwar nicht lesen und schreiben, aber er war ein guter Beobachter, der um die natürlichen Vorgänge des Lebens Bescheid wusste. Hin und wieder hatte er gesehen, wie ein Schaf den Widder wegstieß, ihn mied, lieber zu einer anderen Herde, einem anderen Widder ausbrach, da mochte Tyrax bellen und toben, so viel er wollte, er musste es geschehen lassen – und –

wenn das selbst bei den Tieren so geschah, wie viel sicherer bei den Menschen. Nein, sein Vater war kein Harter, sein Vater war ein edler Mann, daran wollte er ganz fest glauben. Auch die Träume mit der Windmühle klärten sich: »Möller« nannte man den Müller in der Sprache des Landes. Und wo fand man den Müller? In der Mühle, und Moelln klang fast wie Mühle.
All das war in ihm umgegangen, bis in seine Träume hinein, bis aus den Bildern Erinnern wurde. Konnte, ja durfte man einsam und traurig sein, wenn man umgeben war von Wesen, die einem solches in den Schlaf streuten, geduldig, immer, immer wieder, bis man es begriff, bis es zu einem gehörte? Nein, das durfte niemand, auch er, Michael musste dafür dankbar sein, jeden Tag aufs Neue. Und so schickte er seinen Dank, Abend für Abend, in den glitzernden Sternenhimmel, denn dort, so dachte er, gehörte solch ein Dank hin.

10

Einige Wochen später begegnete Michael dem Pastor.
»Na, Michael, bist ja mächtig groß geworden, wie alt wirst du wohl sein?«
»So genau weiß ich das nicht, Herr Pastor. ›Heute bist du drei Jahre‹, sagte die Mutter eines Tages – irgendwann später starb sie, das ist lange her.«
»Wie lange, Junge?«
»Das weiß ich nicht.«
»Weißt du wenigstens deinen Geburtstag?«
Michael schüttelte den Kopf: »Nur ein wenig sagte mir die Mutter: ›Du bist im Zeichen des Widders geboren!‹«
»So, so, dann bist du ein Frühjahrskind, denn der Widder steht für März und April. So groß wie du bist, müsstest du wohl übers Jahr eingesegnet werden.«
Michael wurde es ungemütlich, Einsegnung hieß lernen, wie sollte er lernen? Er konnte nicht lesen, er konnte nicht schreiben, das würde dann offenbar, offenbar für alle! Das durfte nicht geschehen, keiner durfte je wissen, wie dumm er war, und so antwortete er: »Ich glaube nicht, dass ich schon so alt bin, Herr Pastor.«
Der Pastor horchte: »Vielleicht hast du recht, deine Stimme klingt noch hell, wärest du im Einsegnungsalter, wäre sie rauer und tiefer. Wenn das eintritt, Michael, lasse es mich wissen, versprich mir das.«
»Ja, Herr Pastor, und einen guten Tag, ich muss zur Herde.«
Damit lief er eiligst davon. Von nun an verfolgte Michael zu seinen Ängsten noch eine dazu: die Angst vor der tiefen Stim-

me. Als er am Abend bei den Schafen lag, hatte er ein langes Gespräch mit Tyrax.

»Tyrax, was soll nur werden aus mir? Ich kann doch nicht ein Leben lang vor meiner Dummheit davonlaufen, irgendwann wird sie mich einholen, ich spüre das. Außerdem ist es wie eine Lüge, denke dir, sogar die Ahne, die so gut ist, belüge ich – und lügen ist schlecht, Tyrax, das hat mich die Mutter gelehrt, ich weiß es bis heute. Alle glauben, dass ich lesen und schreiben kann, und ich lasse sie einfach in dem Glauben, Tyrax, das ist nicht recht. Du bist so klug, und du kannst nicht lesen und schreiben. Warum ist das so töricht eingerichtet, dass wir Menschen es lernen müssen?« Und nach einer Weile, müde und traurig: »Warum bin ich ein Mensch? Warum bin ich kein Hund, dann hätten wir dieselbe Sprache und alles wäre viel einfacher.«

Langsam wandte sich Tyrax zu Michael und tat etwas, was er noch nie getan – sacht und behutsam legte er seine Pfote auf Michaels geballte Fäuste. Das geschah so vertraut und liebevoll, dass Michael ihn umarmen musste, das Gesicht in sein Fell grub und bitterlich weinte. Tyrax saß still, obwohl er Umarmen eigentlich nicht mochte und Nassgeweintwerden schon gar nicht. Der Mond wanderte von Ost nach West, Michael lag zusammengerollt und schlief längst tief und fest. Nur Tyrax wachte, die Pfote schützend auf dem Kopf des Freundes, und in seinen Augen spiegelten sich die Sterne. Als sie am nächsten Morgen zusammen frühstückten, sie teilten inzwischen jeden Brotbrocken, blinzelte Michael in die Sonne und erzählte: »Heute Nacht hatte ich einen seltsamen Traum, Tyrax, wir beide wanderten durch ein fremdes Land, du liefst neben mir und redetest in meiner Sprache, und ich ging aufrecht und sagte ›Wuff‹! Ob es solch ein Land gibt?« Da keine Antwort kam, drehte er sich um und sah, dass Tyrax mit den Ohren wedelte und die Zähne bleckte, als lache er.

Die Tage wurden kürzer, und damit begann die Zeit der großen Nebel. Dicht legte sich das weiße Gewölk um Bäume und Sträucher, kroch über Felder und Wege, umhüllte das Dorf, den Harterhof, und von der See her tönte Tag und Nacht das Heulen der Nebelhörner. Tyrax hatte es jetzt schwer, die Herde zusammenzuhalten, denn selbst seine scharfen Augen durchdrangen nicht das feuchte Gespinst, er musste sich einzig auf seine Nase verlassen.

An solch einem Tag trottete Michael mit den Schafen den Dorfrand entlang, als er Stimmen vernahm. Die eine gehörte dem Bur, die andere kannte er nicht. Michael blieb neugierig stehen.

»Hinrich, wat ik all lang fragen wull: Wie old is egentlich dien kleene Antje?«

Der Harterbur kicherte: »Worüm wullt du dat denn weten?«

»Nu, min Uwe geit in't föfteinte Johr, un dor maakt man sik so sin Gedanken för laatere Tiden«

»Du büst 'n Gauner, Jörn Grote«, lachte der Bur. »Du meenst, bi Harter geev dat 'n fette Mitgift. Wenn du di dor man nicht tüschst, du, de Hinrich Harter kann reken. Aber Spaß bisiet, unse Höövs in *een* Familie, dat wär nich slecht!«

Die Stimmen entfernten sich. Michael stand immer noch am selben Platz, wie angepflockt, ihm war heiß und kalt in einem, eine unbändige Wut befiel ihn. Das hatten sie sich fein ausgedacht, die beiden Geldsäcke, die kleine Antje verschachern wie ein Stück Vieh oder einen guten Acker, niemals durfte das geschehen, niemals! Und ohne zu überlegen, pfiff er Tyrax:

»Tyrax, sieh auf die Herde, ich muss weg«, und so schnell es die Nebelbänke zuließen, rannte er zum Häuschen der Ahne, pochte an die Türe, und ehe sie noch »Ja« rufen konnte, stand er schon im Zimmer.

»Michael, was ist?«, rief sie bestürzt. »Du siehst ja aus, als wärest du dem bösen Geist begegnet!«

»Bin ich auch, Ahne«, stieß er hervor, »aber es waren zwei böse Geister.«
Ruhig entgegnete die Frau: »Der eine war der Bur, stimmt's?« Michael nickte. »Und wer war der andere?«
»Der Jörn Grote, und er will die Antje für seinen Uwe, aber der Uwe ist schlecht, er wollte damals Sternchen ersäufen und hat mir die Pantinen abgehandelt, obwohl er so reich ist. Ahne, du musst helfen.«
»Zuerst, Junge, beruhige dich und berichte der Reihe nach, dann gehe zu den Schafen und lass mich nachdenken. Sie haben mich verschachert, sie haben die Trine verschachert, jetzt muss Schluss sein, das verspreche ich dir – es ist gut, dass du gekommen bist.«
Tags darauf lagerte Michael in der Wiesenkuhle, als die Ahne sich zu ihm setzte. Eine goldfarbene Herbstsonne lag über dem Land, die Nebel hatten sich verzogen, vorerst, aber sie konnten wiederkommen, keiner wusste wann.
»Ich habe nachgedacht, Michael, vielleicht schenkt mir der Herrgott noch die paar Jährchen, bis Antje das Alter hat, dass man über derlei mit ihr reden kann, dann will ich ihr schon den Willen stärken und sie das Neinsagen lehren – zudem war ich beim Pastor, ihn bat ich, auf Antje zu schauen, dass ihr kein Unrecht geschieht. Ich habe ihm alles haarklein erzählt.«
Michael nickte zufrieden. »Das ist gut, der Pastor ist ein rechter Mann, der sieht die Menschen an, wie sie sind, nicht was sie haben.«
Erstaunt blickte ihn die Frau von der Seite an: »Michael, du bist ein kluger Bursche, das bist du wirklich!«
»Oh nein, Ahne, ich bin nicht klug, ich bin sogar furchtbar dumm, nur hat das noch keiner bemerkt.«
»Die Klugheit meine ich nicht, Michael, ich meine eine andere Klugheit. Selbst, wenn du nicht lesen und schreiben könntest,

wüsstest du Dinge, die mancher Belesene nicht weiß, und das kommt, weil du so viel hier draußen bist in der Natur und unter den Tieren.«

»Dann muss der Bur auch klug sein und die Knechte«, erwiderte Michael.

Die Alte lachte: »Nein, Junge, sie haben keine offene Seele. Sieh, hier um uns lebt und webt es von unsichtbaren Wesen, welche die Pflanzen pflegen bis hinunter in ihre Wurzeln, die zusammen mit den Winden den Schmetterlingen und Vögeln unter die Flügel fassen, welche die Quellen rein halten und in den Bäumen hausen, in jedem Zweig in jedem Blatt. Sie leben in den Wolken, sie leben in den Winden, unter jeglichem Getier, in der kleinsten Blüte und in dem riesigen Meer. Die ganze Welt ist voll von diesen Wesen, Michael, und um sie zu spüren, von ihnen zu lernen, sie zu verstehen, dazu braucht man eine offene Seele – und die hast du!«

Die Ahne schwieg, und Michael lag mit geschlossenen Augen, eine friedvolle Wärme durchströmte ihn, gepaart mit einem feinen Schmerz, den er nicht deuten konnte. Leise, um ihn nicht zu stören, erhob sich die Frau und ging davon. Als Michael nach einer Weile die Augen öffnete, sah er, dass der Platz neben ihm leer war.

Am Abend überdachte er den vergangenen Tag – warum nur hatte er der Ahne nicht gestanden, dass er nicht lesen und schreiben konnte? Es wäre so einfach gewesen, so eine Stunde kam nie wieder, und er hatte sie ungenutzt verstreichen lassen. Die Ahne hätte ihn bestimmt nicht ausgelacht – aber, sie hätte es dem Pastor erzählt, ganz sicher, und der wäre zum Lehrer gegangen, und dann? Dann setzte man ihn in die erste Klasse unter die Kleinen, ihn, den großen Michael, der bald eine tiefe

Stimme bekam. Er hörte schon jetzt den Spott und das Gejohle von Uwe Grote und den andern. Das könnte er nicht ertragen, er musste weg hier, solange noch Zeit war. Aber wohin, und weggehen hieß Abschied nehmen von der Ahne, von Antje, und was das Schlimmste war, von Tyrax, dem einzigen Freund, den er besaß.

»Oh Tyrax«, seufzte Michael. Da legte sich eine feuchte, kalte Hundeschnauze auf seinen Kopf und eine raue Zunge leckte ihm leicht über die Stirne. Das Letzte, was er vor dem Einschlafen sah, war ein heller Stern des Widderbildes, der sich langsam am Erdenrand erhob.

11

Der nächste Tag war ein Sonntag, und Michael wollte die Herde noch einmal zum Meer treiben, ehe der Winter kam. Während er am Hof vorbeizog, hörte er hinter dem Holzschuppen ein bitterliches Schluchzen, und als er um die Ecke sah, saß Antje da und weinte in ihr Schürzchen.
»Antje, was ist geschehen, warum heulst du denn?«
»Die Maus, die böse, böse Maus«, schniefte Antje.
»Weißt du was, komm mit«, schlug Michael vor, »und wenn die Schafe weiden, erzählst du mir alles. Wo sind deine Eltern und dein Bruder?«
»Alle in der Kirche, auch die Ahne.«
»Das ist gut, dann haben wir Zeit.« Und draußen auf der Weide fragte Michael: »So, Antje, warum ist die Maus böse, was hat sie dir angetan?«
»Da, sieh.« Umständlich wickelte sie ihre Puppe aus der nassgeweinten Schürze »Meine Griet hat sie angeknabbert, und ich war so lieb mit ihr und hab' ihr laufen lassen.«
»Antje, ich verstehe nichts, erzähle doch richtig, der Reihe nach.« Antje zog die Nase hoch und begann: »Also, da war die Großmagd mit der Mausefalle und dem Speck, und da is die Maus denn reingegangen in die Falle, und die Falle is zugeschnappt! Und weil die Maus so nüdlich war, mit so schöne, schwarze Äuglein, da hab' ich ihr rausgelassen, aber statt sie jetzt lieb zu mir war, hat sie meiner Griet ein Loch in den Bauch gefressen, das eklige Vieh, und nu is meine Griet tot.« Erneut fing sie an zu heulen.
»Höre, Antje, zum einen weißt du gar nicht, ob es dieselbe Maus

war, denn Mäuse sehen sich sehr ähnlich, und zum andern ist deine Griet nicht tot. Du bringst sie zur Ahne, die flickt das Loch zu und macht deine Griet wieder heil, die Ahne kann das.«
Antje blickte auf: »Ja, die Ahne kann viel. Und du denkst wirklich, dass es nich dieselbe Maus war?«
»Weißt du, Antje, wir wollen einfach glauben, dass sie es nicht war, und außerdem, Mäuse müssen knabbern und nagen, sie müssen das, es ist in ihnen drinnen, da ist nichts Böses dabei und sie wollen uns auch nicht ärgern damit, vielleicht wissen sie gar nicht, was ›böse‹ oder ›ärgern‹ ist.«
Antje hatte aufgehört zu weinen, sie trocknete ihr Gesichtchen mit dem Schürzenzipfel, stand auf und sagte: »Danke, Michael, und jetzt trag' ich meine Griet zur Ahne.«
Michael schaute ihr nach, bis sie hinter den Büschen verschwand. Was er nicht wusste, war, dass er dem Kind mit seinen Worten viel mehr gegeben hatte als Trost, er hatte ihr das Vertrauen wiedergegeben und die Gewissheit, dass kein Ding und kein Wesen nur böse ist.

Als das letzte Licht erlosch und die Dämmerung einfiel, wanderte die Herde hinter die Dünen. Hier hörte man nur das leise, mahlende Geräusch der weidenden Tiere und das gleichmäßige Rauschen der Wasser. Es war windstill, wolkenlos und der Himmel voll glitzernder Sterne. Keiner stand still, es war ein immerwährendes Funkeln, ein Gleißen und Blitzen, als redeten sie miteinander in einer kosmischen Lichtsprache. Hin und wieder löste sich einer und verglühte in der Unendlichkeit – aber er hinterließ keine Lücke, es war, als rücke ein anderer an seine Stelle, ohne großes Aufheben, ein namenloses, selbstloses Teilen und Mitteilen des Ganzen. Ob es überhaupt jemanden gab, der dies alles begreifen konnte?

In solchen Augenblicken war sich Michael selber unheimlich. Er saß doch hier auf Erden, er, Michael, saß hier am Strand, streckte seine Beine zwischen die Schafe, spürte ihre Wärme, fühlte ihr wolliges Fell, ließ sich den Sand durch die Finger rieseln und sah in der Ferne die Lichter des Dorfes. Das war alles Wirklichkeit, man konnte es anfassen, auch er war Wirklichkeit, er, der Schafhirte Michael. Gehörte er hierher? Gehörte er dorthin? Was aber war das da oben? Ein Knecht hatte behauptet, Sterne seien nichts anderes als glühende Steinbrocken, man könne es sehen, wenn einer auf die Erde fiele, braun wäre so ein Klumpen, braun und unansehnlich, nichts Besonderes. Nur, Michael glaubte das nicht, wer so glänzte und blinzelte, der war lebendig, konnte atmen, vielleicht sogar singen! Gab es einen Sternenatem, ein Sternenlied? Konnte man ihn spüren, konnte man es hören? Viele Fragen und keine Antwort.
Nachdem sich die Schafe niedergelegt, sagte Michael: »Tyrax bleib du hier, ich gehe noch ein Stück, ich will das Meer sehen.« Der volle Mond goss sein Silberlicht übers Wasser, die Wellen kamen und gingen, flach, sanft. ›Auch sie sind schläfrig‹, dachte Michael, streckte sich in den Sand und träumte in die Weite. Es war still. Jene atmende Stille, die alles umhüllt, alles einschließt. Hin und wieder raschelten die zarten Büschel des Strandhafers. Was bewegte sie, da doch kein Wind umging? War es der Sternenatem? Der Atem Gottes? Oder ihre eigenen, säuselnden Träume? Konnten Pflanzen überhaupt träumen? Über ihm stand das Widderbild, klar und deutlich zeichnete es sich in die Nacht – und dort auf dem großen, hellen Stern saß die Mutter. Jung war sie, mit einem frohen Lächeln im Gesicht, sie breitete die Arme aus und winkte ihm. Leicht wurde er da, leicht wie eine Flaumfeder. Er stieg hoch, er schwebte – war er Michael, war er eine Seeschwalbe? Er wusste es nicht. Er sah über sich die Sterne, hingebreitet ohne Anfang und Ende, er

sah unter sich das Meer, ebenso endlos – und dann sah er das Schiff – mit geblähten Segeln glitt es dahin, an seinem Bug den Widderkopf mit dem gedrehten Gehörn.

Von Weitem kam Hundegebell – er musste eingeschlafen sein – Tyrax bellte. Michael fuhr auf, da hörte er eine tiefe Stimme: »Junge, Junge, du schläfst, dass man dich wegtragen könnte.«

Er sprang hoch, vor ihm stand ein Mann, so groß, dass er ihm knapp unter die Achsel reichte.

»Wer sind Sie?«

»Nur ruhig, niemand, der dir übel will. Ist hier ein Hof in der Nähe? Ich brauche Proviant, ich bezahle gut«, setzte er hinzu.

»Wo kommen Sie her? Ich habe Sie nicht kommen sehen.«

Der Mann lachte gutmütig: »Konntest du auch nicht, hast ja geschlafen wie ein Murmeltier, von dort komme ich, mit dem Beiboot.«

Michael blickte in die Richtung, in welche der Finger wies – und – nein, so etwas gab es doch nicht, so etwas gab es wahrhaftig nicht, da draußen lag das Schiff, sein Segelschiff mit dem Widderkopf am Bug.

»Mein Schiff, mein Widderschiff«, flüsterte er fassungslos.

Eine Hand legte sich auf seine Schulter und schüttelte ihn: »Junge, wach erst mal auf, das da draußen ist nicht dein Schiff, das ist die *Aries*.«

»Dies da draußen ist mein Widderschiff«, wiederholte Michael eigensinnig.

Der andere seufzte: »Am Bug steht *Aries*. Wäre es nicht so dunkel, könntest du es lesen.«

Michael zuckte zusammen. Lesen, schon wieder lesen, nahm das denn nie ein Ende? Jetzt war es wohl Zeit, von etwas anderem zu reden, und darum erwiderte er: »Kommen Sie mit, ich führe Sie zum Hof, aber eh ich den Bur rufe, muss ich die Schafe einpferchen.«

»Und, ist er gut, der Bur?«
»Nein«, entgegnete Michael schroff, »doch zu Ihnen wird er gut sein, denn Sie haben Geld.«
Als er beim Bur an die Stubentüre klopfte, glaubte der, sein Hütejunge sei verrückt geworden, doch bevor er losbrüllen konnte, sagte Michael ganz ruhig: »Draußen auf dem Hofplatz wartet ein Mann, er will Proviant kaufen, und er zahlt gut.«
Darauf wandte er sich und rannte davon. Er musste jetzt alleine sein und er musste mit Tyrax reden, unbedingt. Vor dem Tier kniend, begann er:
»Tyrax, es ist ein Schiff gekommen, mein Widderschiff, auch wenn der Mann was anderes sagt, und ich bin ganz sicher, dass es mir die Mutter geschickt hat. Tyrax, ich glaube, ich muss fort – oh Tyrax, und ich kann nur Sternchen mitnehmen, denn du gehörst dem Bur.«
Er schwieg und wartete auf eine Antwort, aber Tyrax schwieg ebenfalls, und es sah aus, als gingen in seinem Kopf viel schwere Gedanken umher. Nach einer ganzen Weile reckte er sich, stellte die Ohren auf und sagte zweimal laut und bestimmt »Wuff«. Da lehnte sich Michael gegen ihn und weinte bitterlich. Danach stand er auf und ging langsam davon, ohne sich noch einmal umzuwenden. Im Harterhof hatten die beiden Männer inzwischen die Geschäfte abgewickelt und waren beim Laden einer Schubkarre. Michael trat hinzu und half.
»Hast du die Schafe gepfercht?«, fuhr ihn Harter an.
»Ja, Bur, und Tyrax wacht.«
»Der Junge hilft mir, hab' schließlich gut bezahlt!« Es klang wie ein Befehl, und der Bur gehorchte. Zusammen schoben sie die Schubkarre zum Beiboot. Je näher sie dem Ziele kamen, umso unruhiger wurde Michael – wenn er jetzt nicht frug, musste er hier bleiben, so eine Gelegenheit kam nie wieder. Außerdem war das, als verschmähe er das Geschenk der Mutter, das Ge-

schenk der Widdersterne, und das, so fühlte er, durfte er nicht, niemand durfte ein Geschenk verschmähen, das aus den Himmeln kam. Und darum blieb er plötzlich stehen und setzte die Schubkarre ab.
»Was ist, Junge, bist du etwa müde?«
Michael schüttelte den Kopf, antwortete, und seine Stimme klang so ernst, dass der Mann aufhorchte:
»Ich bin nicht müde, bestimmt nicht, aber ich will etwas sagen, ehe es zu spät ist.« Er holte tief Luft. »Bitte, Herr, nehmen Sie mich mit, nehmen Sie mich mit auf mein Widderschiff!«
»Warum behauptest du immer, es sei dein Schiff?«
»Weil ich es kenne, weil es in meinem Schlaf war, schon einmal, und heute Nacht wieder, ehe Sie kamen.«
Der Mann schwieg, dann fragte er: »Willst du damit sagen, du hättest die *Aries* im Traume gesehen?«
»Nein, nicht die *Aries*, das Widderschiff!«
»Aries heißt Widder, in lateinischer Sprache, also haben wir beide recht«, meinte der andere versöhnlich. »Und du willst wirklich mitkommen?« Michael nickte. »Weißt du, was das bedeutet? Das bedeutet, dass du den Harterhof vielleicht nie wieder siehst. Wirst du kein Heimweh bekommen?«
Michael lachte: »Nach dem Harterhof bekomme ich sicher kein Weh, höchstens nach der Ahne, der kleinen Antje, und«, seine Stimme wurde leise und zitterte, »nach Tyrax, das ist das Schlimmste.«
»Wer ist Tyrax?«
»Der Hütehund.«
»Wie heißt du überhaupt?«
»›Michael‹ rief mich die Mutter.«
»Und wo ist die Mutter jetzt?«
Michael deutete auf das Widdergestirn, das langsam gen Süden zog, und sagte: »Dort.«

Der Mann schwieg betroffen, lange betrachtete er den Jungen, dann redete er, und seine Stimme war warm und gütig: »Gut, Michael, für dich finden wir auch noch Platz, und der Käpt'n wird nichts dagegen haben, einen Schiffsjung' kann man immer brauchen.«
»Dann sind Sie nicht der Kapitän?«
»Bewahre, ich bin der Steuermann und heiße Pieter, aber alle sagen Steuermann zu mir. So, und nun genug geschwatzt, erst beladen wir das Beiboot, dann bringe ich die Karre zurück, regle alles mit dem Bur, und währenddessen gehst du Abschiednehmen und holst deine Plünnen, abgemacht?« Michael zögerte. »Na, ist noch was?«
»Ja, da ist noch Sternchen, ich muss es mitnehmen, denn es gehört mir, und der Bur tötet es sicher, wenn ich weg bin.«
»Und wer ist Sternchen?«, fragte Pieter misstrauisch, »ein Mädchen?« Michael gluckste: »Eigentlich ja, aber ein vierbeiniges, es ist meine Katze.«
»Eine Katze? Die wird bei uns lässig satt, denn Mäuse ham' wir jede Menge.«

Als sie sich am Hoftor trennten, fragte der Steuermann: »Und, Michael, willst du auch dem Bur Lebewohl sagen?« Da reckte sich der Junge und antwortete stolz: »Nein, ich warte vor dem Hoftor auf Sie.«
»Nicht bei den Schafen?«
Michael senkte den Kopf und entgegnete leise: »Nein, bitte nicht, da ist Tyrax, und das tut zu weh.«
Kurz darauf klopfte Michael bei der Ahne. Sicher schlief sie bereits, doch da hörte er ihren tappenden Schritt, dann stand sie im Lichtschein der geöffneten Türe.
»Michael, was ist geschehen? Komm' doch herein.«

»Ahne, ich will Lebewohl sagen, ich gehe fort – ein Schiff ist gekommen, ein besonderes Schiff, es war schon in meinem Schlaf, ich glaube, die Mutter hat es mir geschickt, da muss ich doch gehen, meinst du nicht?«
Die Frau schaute ihn an mit ihren guten, alten Augen, und dann antwortete sie: »Ja, Michael, das musst du. Es ist gut, wenn du gehst, gut für dich, nicht gut für mich und die kleine Antje, du wirst uns sehr fehlen – aber hier auf dem Harterhof gibt es keine Zukunft für dich. Wirst du deine Katze mitnehmen?«
Michael nickte: »Nur Tyrax, der kann nicht mit, er gehört dem Bur.«
Er presste die Lippen zusammen, nur als die Ahne ihn in den Arm nahm, da musste er doch weinen. Lange sah ihm die Frau nach, bis er in der Dunkelheit verschwand.

Michael wartete am Tor, da hörte er Stimmen vom Hof her, laute Stimmen, erregte Stimmen
»Was wollen Sie, Bur? Geld für den Jung'? Sind Sie ein Sklavenhändler? Nein sag' ich und noch mal nein, von mir kriegen Sie keinen Penny. Ich hab' den Proviant bezahlt, und dafür haben Sie reichlich eingestrichen, jetzt ist Schluss!«
Es knallte eine Türe dann kamen Schritte näher.
»So ein Schindkerl, so ein verdammichter, Geld verlangen für einen Menschen!«
»War es sehr schlimm, Steuermann?«
»Mir hat's gereicht, Michael. Wie hast du das bloß ausgehalten!«
»Man kann alles, wenn es sein muss, und der Bur ist immer noch besser als Alleinsein«, entgegnete Michael still.
»Wenn das deine Mutter wüsste, dann säße sie nicht so ruhig da oben«, polterte Pieter.
›Sie weiß es, darum hat sie mir doch das Schiff geschickt‹, dachte Michael, aber er sagte es nicht.

»Nun steig ein, das Boot schiebe ich an, bin es ja gewohnt, und wenn du heimisch bist bei uns, lehre ich dich rudern.«

Michael saß stumm, dann wandte er sich, sah die letzten Widdersterne sinken, sah die fernen Lichter des Hofes, alles war still, warum bellte ihm Tyrax keinen Gruß herüber? Ob er weinte? Konnte ein Hund weinen? Er wusste es nicht, ihm aber tropfte es warm in die Hände.

Endlich standen sie an Bord. Das war ein mühseliges Hangeln gewesen für Michael, der solches gar nicht kannte, zumal er Sternchen vorne ins Hemd gesteckt, damit ihm nichts geschehe. Hier hockte er in der Finsternis auf einer Taurolle, hin und wieder liefen dunkle Gestalten über Deck, aber sie beachteten ihn nicht. »Warte hier auf mich, ich gehe zum Käpt'n«, hatte Pieter gesagt, aber das war vor einer ganzen Weile gewesen, und so wartete er eben und kam sich ziemlich verloren vor. Wenn nun der Käpt'n Nein sagte, ihn gar nicht wollte? Michael fror, fest presste er die Katze an sich, wenigstens ein bisschen Wärme, ein bisschen Leben, und verzweifelt murmelte er: »Oh Sternchen, was soll nur aus uns werden?« Da legte sich eine Hand auf seine Schulter und Pieter sagte: »Komm, Junge, der Käpt'n will dich bei Lichte besehen.« Jetzt fror Michael noch mehr. Irgendwo öffnete sich eine Türe, Pieter schob ihn vorwärts, er blinzelte geblendet und gewahrte vor sich einen Mann, riesengroß schien er ihm, als fülle er die ganze Stube aus. Er blickte hoch und sah ein Gesicht, ein ruhiges, klares Gesicht, herb, schön und doch nicht schön, ein Gesicht, das sich einprägte, das man nicht so schnell vergessen konnte. Dunkle, ernste Augen hatte der Mann, oder waren sie traurig? Wie von weit drang eine Stimme an sein Ohr, eine tiefe Stimme, ein wenig rau, wie Menschen sie haben, die nicht viel reden.

»Du bist also Michael, der Schafhirte, der zur See fahren will?«

Michael antwortete: »Ja, Herr Kapitän.«
Der andere lächelte: »Alle sagen ›Käpt'n‹, so magst du es auch halten, den ›Herr‹ kannst du weglassen. Und nun werden wir zusammen essen, du wirst hungrig sein, der Bur hat dich wohl schlecht versorgt, du musst was auf die Knochen kriegen, sonst bläst dich der Wind über Bord. Du bist doch hungrig?«
»Sonst immer, aber jetzt gar nicht.«
»Wieso nicht?«
»Weil ich so froh bin, und wenn solch große Freude in mir ist, hat der Hunger keinen Platz mehr, da ist alles voller Freude.«
Der Käpt'n schwieg, lange ruhte sein Blick auf dem Jungen, und Michael meinte, noch nie solche Augen gesehen zu haben, Augen, die ihn sahen und doch nicht sahen, Augen, die über ihn hinweg in die Ferne blickten und ihn, den Knaben Michael, trotzdem nicht verließen, ihn einfach mitnahmen in jene Weite, die nur sie sahen.
»Also, was mich angeht, ich bin hungrig, und vielleicht kommt der Hunger auch bei dir, wenn du siehst, was Smutje uns zusammengebraut, jedenfalls riecht es sehr lecker.«
»Zuerst aber muss sie etwas kriegen, damit sie kräftig wird zum Mäusefangen.« Mit diesen Worten griff Pieter nach Sternchen, zog es Michael aus dem Hemd und trug es vor die Türe. Verlegen schaute Michael zum Käpt'n, doch der nickte nur stumm mit dem Kopf, was wohl heißen sollte: »Geht in Ordnung.« Auch das Essen verlief schweigsam, jeder schien nur mit seinem Teller beschäftigt, selbst Michael, denn auf einmal merkte er, dass er außer einem Kanten Brot den ganzen Tag nichts gegessen hatte.
»Und, schmeckt es dir, Michael?«, fragte Pieter.
»So was gab's auf dem Harterhof für mich nur zu Weihnachten, und Weihnachten ist leider nur einmal im Jahr«, entgegnete Michael.

»So ein Mistkerl, so ein schundiger«, polterte der Steuermann, »wirklich, Käpt'n, ich habe selten so ein mieses Stück Mensch erlebt wie diesen Harterbur.«
Mitten in das Schimpfen zeigte der Kapitän auf die Türe: »Es ist gut, Junge, dass du eine Katze mitgebracht hast, das Mäusegeziefer wird immer frecher, jetzt nagen sie schon an der Türe.«
Richtig, sie hörten es alle, da schabte etwas. Doch plötzlich erscholl ein lautes, forderndes »Wuff« und nochmals »Wuff«. Michael erstarrte, dann riss er die Türe auf, und – da saß er: Tyrax. Nass, frierend, aber ein glückliches Leuchten in seinen klugen Augen. Michael kniete nieder und nahm ihn in die Arme, trotz der Nässe, und dann musste er wieder weinen, aber diesmal vor Glück. In ungläubigem Staunen saßen die beiden Männer, da wandte Michael sich um und fragte leise: »Darf er bleiben, Käpt'n?«
»Natürlich, Michael, und wenn er so wachsam ist wie treu, dann kann uns ja ab heute nicht mehr viel geschehen.« Und Pieter meinte trocken: »Erst der Hirte, dann der Hund, als nächstes kommen wohl die Schafe – ich glaube es ist an der Zeit, dass wir ablegen, Käpt'n.«
Wie Tyrax aufs Schiff gelangt, blieb sein Geheimnis, niemand konnte es begreifen, am wenigsten Michael, denn er wusste, wie wasserscheu sein vierbeiniger Freund war.

12

Obwohl Michael, seit er Tyrax bei sich hatte, im Glück schwamm, stürmte so viel Neues auf ihn ein, dass ihm der Kopf wirbelte. Er musste lernen, dass der Mann, der kochte, *Smutje* hieß, die Küche *Kombüse* und er selbst *Moses*, weil eben alle Schiffsjungs *Moses* gerufen wurden, ganz gleich, wie man sie getauft hatte.
Er musste lernen, sich bei Seegang aufrecht zu halten, in die wackelige Takelage hochzusteigen, um irgendwelche Dinge festzuzurren, von denen jedes einen anderen Namen hatte. Dazu kam das, was Pieter die Seekrankheit nannte, von der einem so speiübel wurde, dass man glaubte, sterben zu müssen. Trotzdem lebte er sehr gerne auf dem Schiff, denn war der Ton auch rau, so gab es doch weder Schläge noch gehässige Reden. Das Essen war gut, reichlich und für alle gleich, kurz, Michael fühlte sich ebenbürtig, ein Mensch unter Menschen, der Nixnutz gehörte der Vergangenheit an, er war auf dem Harterhof zurückgeblieben, wie Hunger, Kälte und Einsamkeit.
Nur eine Wolke hing über ihm, genauso düster und schwarz wie die Herbstwolken über der See, das war seine Unwissenheit. Er konnte immer noch nicht lesen und schreiben. Wie oft hatte er schon gehört: »Junge, schreib's auf, damit du es nicht vergisst!« Und außer dass es ihn jedes Mal erschreckte, kam er sich auch hier wie ein Lügner vor, ließ er doch die andern des Glaubens etwas zu wissen, von dem er in Wirklichkeit keine Ahnung hatte.

Und dann stieg jener Tag herauf, den Michael wohl nie vergessen würde. Das Wetter war unbeständig, die Wolken hingen tief, und die Wellen trugen hohe Schaumkämme.
»Wir werden Sturm bekommen, Steuermann sorge, dass Smutje eine heiße Suppe parat hat, später ist keine Zeit zu kochen.«
»Werd' schon sorgen, Käpt'n, nur, Smutje liegt in der Koje seit heute früh, hat Halsschmerzen und Fieber.«
»Schiete, dann muss der Jung' ran, denn oben kann ich keinen Mann entbehren.«
Kurz darauf stand Michael vor Pieter: »Sie haben mich rufen lassen, Steuermann.«
»Ja, höre, der Smutje ist krank, darum musst du ran, meint der Käpt'n. Am besten kochst du eine dicke Graupensuppe mit Speck.« Michael stotterte: »Und, und wie kocht man eine Graupensuppe, was muss da hinein?«
»Steht alles im Buch, und das Buch liegt in der Lade unterm Tisch, brauchst nur nachzulesen unter ›Graupensuppe‹.«
Michael wurde schneebleich, und dann brach es aus ihm heraus in einer Heftigkeit, wie sie niemand diesem stillen Knaben zugetraut. Er riss sich das Ölzeug vom Leib, die Mütze vom Kopf, warf alles auf die Erde und schrie mit geballten Fäusten: »Warum quält ihr mich so, obwohl ihr längst wisst, dass ich dumm und doof bin, dass ich nicht lesen und schreiben kann! Schickt mich doch einfach fort, das ist besser als quälen. Was hab' ich euch denn angetan, dass ihr mich so sehr ängstigt?« Seine Stimme überschlug sich, dann hockte er in der Ecke und schluchzte hemmungslos. Pieter war starr. Das hatte er nicht erwartet, weder solch einen Ausbruch noch den Grund dafür. Wie musste dieses Kind gelitten haben all die Jahre? In welchen Ängsten hatte es gelebt?
Er ging zu dem Kauernden, zog ihn am Arm hoch und sagte ruhig: »Komm mit, ich kann das Steuerrad nicht verlassen, wir

werden Sturm bekommen.« Und indem er seine Hand warm und beschützend auf die Bubenhand legte, sprach er weiter: »Michael, was hier gesprochen wurde, wird niemand erfahren, das verspreche ich dir, nur dem Käpt'n muss ich es sagen. Denn ab heute werde ich dich Lesen und Schreiben lehren, und das wird in seinem Raum geschehen, denn nur dort haben wir die nötige Ruhe. So, und nun bringe mir das Buch, damit ich dir vorlese, was in eine Graupensuppe gehört.«

Michael schaute Pieter an und sagte leise: »Danke, soeben war mir, als hätte ich einen Vater.«

13

Nach dem Abendessen, die Graupensuppe war gut gelungen und bis zum letzten Löffel vertilgt, hatte Michael die Kombüse gesäubert und war dann an Deck gegangen, um zu helfen, denn es stürmte inzwischen ganz ordentlich.
Der Kapitän und Pieter waren allein, da sagte dieser: »Ich hab' mit dir zu reden, Käpt'n.« Wenn sie unter sich waren, gaben sie sich das »Du«, denn zum einen waren sie fast gleichen Alters, und zum andern kannten sie sich seit vielen Jahren.
»Eigentlich müsste ich hinaus, ist es wichtig?«
»Es ist sehr wichtig, es geht um den Jung'.« In kurzen, knappen Sätzen berichtete Pieter, auch den Zornesausbruch Michaels verschwieg er nicht. Der Kapitän schmunzelte:
»Na, Temperament scheint es ja zu haben, das Bürschchen.« Und plötzlich hieb er mit der Faust in unbändigem Zorn auf den Tisch und schrie: »So ein Schindkerl, so ein miserabliger, ein Kind halten wie ein Stück Vieh, wenn ich den zwischen die Finger kriegte, ich glaube, ich könnte mich vergessen und ihn über Bord werfen!«
Pieter betrachtete seinen Kapitän nachdenklich und meinte dann trocken: »Na, Temperament scheint es zu haben, das Bürschchen – ihr seid euch ziemlich ähnlich im Zorn, weißt du das? Aber mit Toben ist ihm nicht geholfen, wir müssen handeln, bist du einverstanden?«
»Natürlich bin ich einverstanden. Ihr könnt bei mir arbeiten, ich übernehme solange das Steuer, dann hast du Zeit für ihn.«

Der Sturm tobte die halbe Nacht, und als Michael endlich müde und durchgefroren seine Schlafstelle aufsuchte, fand er sie vorgewärmt, Tyrax lag da.
»Oh Tyrax, du bist doch der Beste.« Tyrax öffnete die Augen und sah ihn von unten her an, was er immer tat, wenn er mit etwas nicht ganz einverstanden war. Michael stutzte, dann kraulte er den Freund zwischen den Ohren und flüsterte: »Pieter auch, er ist gut, er ist, wie ein Vater sein soll.« Da rollte sich Tyrax zur Seite und legte sich zufrieden über Michaels eiskalte Füße. ›Ach, ist das schön, dass ich mit Tyrax immer noch reden kann, ich verstehe ihn und er versteht mich‹, dachte er, und glücklich schlief er ein.

War das ein Leben! Jeden Abend saß Michael und malte Buchstaben um Buchstaben – eine neue Welt tat sich auf. Er war so eifrig bei der Sache, dass er in Kürze lernte, wozu andere ein Jahr brauchen. Schon konnte er einfache Worte lesen, und darum verzog er sich in jeder freien Minute in einen Winkel des Schiffes, nahm das dicke Kochbuch auf die Knie und las, am Anfang langsam und stockend, aber immer flüssiger von Tag zu Tag. So fand ihn der Kapitän bei einem seiner Gänge und frug: »Na, was liest du denn?«
Michael sprang auf und reichte ihm das Buch. Der Kapitän schüttelte den Kopf: »Ein Kochbuch? Junge, so was liest man doch nicht, da kriegste ja bloß Hunger beim Lesen, hast du nichts anderes?«
»Nein, Käpt'n, ich brauchte doch keine Bücher, weil ich nicht lesen konnte.«
»Recht hast du, aber jetzt ist das wohl anders, darum komm, ich werde dir was geben, gerade richtig für dich und schnurrig dazu.« Strahlend lief Michael mit, strahlend nahm er das Buch.

Doch als er es ansah, wurden seine Augen kugelrund vor Staunen, und anstatt »Danke« sagte er: »Nein, so was!«
»Kennst du es denn?«
»Wohl, Käpt'n, die Ahne hatte das Gleiche und las mir daraus die Geschichte von dem Mann, der die Ulen gebacken hat.« Und überwältigt setzte er hinzu: »Und nun kann ich alles selber lesen, ist das nicht herrlich?«
»Das ist es, Michael, viel Spaß dabei, und wenn du durch bist, bringst du es mir, und ich gebe dir ein anderes.«
Michael presste seinen Schatz fest an sich und sagte: »Vielen Dank auch, Käpt'n.« Von nun an saß er, wann immer er konnte, irgendwo und las, Tyrax zusammengerollt neben sich und Sternchen im Schoß, wenn es nicht gerade Mäuse fing.

Die Herbststürme hatte Michael überstanden, voller Grauen am Anfang, den Winter erlebt mit Eis und Schnee, selbst im Wasser trieben Eisschollen, und hin und wieder schrappte eine an der Außenwand. Aber die Aries war ein starkes Schiff, so etwas focht sie nicht an. Nun ging es ins Frühjahr hinein, das Meer war zwar immer noch unruhig und die Winde voller Tücken, aber die Tage wurden länger und die Sonne gewann an Kraft. Durch das regelmäßige, gute Essen war Michael kräftig geworden, breit in den Schultern und nahezu so groß wie Pieter, nur der Kapitän überragte sie beide. Sein Haar, durch Sonne und Salzwasser gebleicht, stand im Gegensatz zu seinen nachtdunklen Augen, und das gab seinem Gesicht einen eigenartigen Reiz.
Längst war er in die Mannschaft aufgenommen und keiner nannte ihn mehr *Moses*, alle riefen ihn bei seinem Namen, und das machte ihn stolz und gab ihm Sicherheit. Er arbeitete gerne, und was er anfasste, lief ihm leicht von der Hand. Einzig

das Hochklettern in die Wanten liebte er nicht, er fühlte sich unsicher, ohne Halt, und war froh, wenn er die Deckplanken wieder unter den Sohlen spürte. Saß er dort oben, schwankend und schwerelos, unter sich die Wasser endlos, zeitlos, in ewigem Gleichmaß, so geschah es hin und wieder, dass ihn Sehnsucht befiel, in den Dünen zu liegen, den Sand durch die Finger rieseln zu lassen, das Blöken der Schafe und das Rumoren des Viehes in den Ställen zu hören. In solchen Augenblicken beendete er rasch seine Tätigkeit, suchte Tyrax auf, und sein Gesicht in dessen Fell drückend, murmelte er: »Oh Tyrax, du riechst so gut nach Erde«, und Tyrax leckte ihm über die Hand und sagte laut und bestimmt »Wuff«.
Solche Augenblicke waren allerdings recht selten, denn Michael liebte das Meer, und oft stand er an Deck und schaute ins Weite, betrachtete die Wellen und wunderte sich über die Vielfalt ihrer Farben und Bewegungen. In solch einer Stunde trat Pieter zu ihm, lehnte sich über die Reling und fragte: »Na, Junge, was denkst du denn?«
»Ich denke nicht, ich schaue bloß, ich habe noch nie etwas gesehen, was sich so rasch verändert wie das Meer. Es hat viele Gesichter, ein Morgengesicht, ein Mittagsgesicht, ein Abendgesicht und ein Nachtgesicht.«
»Und welches gefällt dir am besten?«
Ohne zu überlegen antwortete Michael: »Das Nachtgesicht. Ich kenne nichts Schöneres als die Mondfischlein, wenn sie übers Wasser springen.«
»Welche Mondfischlein?«
»Haben Sie noch nie gesehen, dass der Mond dem Meer kleine Fische schenkt zur Nacht? Sie springen über die Wellen und jagen sich, ich könnte ihnen stundenlang zusehen.«
Pieter sah den Knaben erstaunt von der Seite an und meinte: »Du bist ja ein Poet, Michael.«

»Was ist ein Poet?«
»Ein Poet ist ein Mensch, der Phantasie hat, um Bücher zu schreiben und Märchen zu erzählen.«
»Und was ist Phantasie?«
Pieter schnaufte tief: »Das ist eine schwierige Frage – Phantasie hat man, wenn man Mondfischlein sieht, statt einfach nur Mondlicht auf dem Wasser.«
Michael dachte nach und sagte dann: »Oder wenn man eine Goldhaut sieht statt Mittagssonne, oder einen Feuerbrand statt Abendrot?«
»So ist es. Du begreifst schnell«, meinte er anerkennend. Michael schwieg eine Weile, dann sagte er: »Und ich glaubte, jetzt gescheit zu sein, weil ich lesen und schreiben kann, aber ich bin immer noch strohdumm.«
»Erstens bist du noch jung und kannst dazulernen, und zweitens bist du nicht dumm, denn du weißt vieles, wovon andere in deinem Alter keine Ahnung haben.«
Michael lachte: »In *meinem* Alter, Steuermann, ich weiß doch gar nicht, wie alt ich bin.«
Pieter grinste: »Aber ich weiß es!«
»Sie? Woher wissen Sie, was keiner weiß?«
»Weil ich Ohren habe und deine Stimme höre, und wenn die Stimme eines Knaben rau wird und immer tiefer, dann ist er so um's fünfzehnte Jahr. Ist dir noch nicht aufgefallen, dass sich deine Stimme ändert?«
»Jetzt, wo Sie es sagen, ja, ich hatte immer grässliche Angst davor.«
»Angst vor dem Stimmbruch, warum denn das?«
Da erzählte Michael sein Gespräch mit dem Pastor, und zum Schluss fragte er: »Können Sie jetzt verstehen, dass ich Angst hatte?« Der andere fuhr ihm durch seinen widerspenstigen Haarschopf: »Ja, Junge, du hast viel Angst ausgestanden, und es war allerhöchste Zeit, dass du auf die Aries kamst.«

Inzwischen begann es düster zu werden, tiefhängende Wolken hüllten sie ein und nahm ihnen die Sicht, da sagte Pieter: »Du musst gehen, Michael, es riecht nach Sturm.«
Und so war es. Kurz darauf brach ein Sturm los, wie Michael meinte, noch keinen erlebt zu haben. Mühsam hielt er sich auf den Beinen, da hörte er mitten im Gebrüll des Windes jemanden singen, dunkel und voll tönte diese Stimme gegen den Sturm an, das musste Pieter sein! Als Michael sich umwandte, sah er ihn stehen, die Hände kraftvoll um das Steuerrad gelegt und laut und deutlich klang es über die aufgewühlte See:

»Der blanke Hans springt übern Zaun,
er kommt, mal eben nachzuschaun,
ob alle Kinder schlafen,
die bösen und die braven.
Und wenn er welche wachend fand,
so zwickt' er sie mit nasser Hand
in ihre kleinen Nasen,
in ihre kleinen Nasen.«

Und plötzlich war alles Grauen vor Düsternis und Naturgewalt verschwunden, ja, Michael schien, als mäßige sich selbst der Sturm durch den Gesang dieses Mannes. Nach Stunden, als sie beim Essen zusammensaßen, fragte Michael:
»Was war das für ein Lied, Steuermann, das Sie während des Sturmes gesungen haben?«
»Das singt er immer, wenn es stürmt, und je lauter das Sturmgebrüll, desto lauter singt er«, rief einer über den Tisch. »Wir nennen es das Hexenlied, denn damit behext er den Sturm, hast du's nicht bemerkt?«
Alle lachten, nur Pieter entgegnete ernst: »Unsinn, da ist keine Hexerei dabei – es ist ein altes Lied. Ihr müsst wissen, ich bin

auf einer Hallig geboren und aufgewachsen, und wenn dort eine Springflut anstand, dass wir das Vieh auf den Dachboden treiben mussten, weil die See durch die Haustüre in die Wohnstube und die Ställe floss, dann hockte sich mein Großvater zwischen uns und das Viehzeug und sang dieses Lied. Und ihr dürft mir glauben, die Tiere hörten ihm genauso aufmerksam zu wie wir Kinder. War er zu Ende gekommen, fing er von vorne an, so lange, bis unsre Angst verschwand, der Sturm sich duckte und langsam abnahm. Wie das zuging, ich weiß es nicht. Es gibt viele Dinge, die wir Menschen nicht begreifen noch erklären können. – Seitdem singe ich das Lied, und es hat heute noch dieselbe Wirkung wie zu Zeiten meines Großvaters. Nun wisst ihr's, und es rede mir keiner mehr vom Hexenlied, ich könnte böse werden.« Alle schwiegen betreten, Michael aber nahm sich ein Stück Papier und schrieb das Lied auf.

14

Liefen sie einen Hafen an, war die Ladung gelöscht und neue aufgenommen, so strömte die Mannschaft an Land. Michael hielt sich fern. Er hatte ihre Reden und Erlebnisse gehört, er wusste, wohin sie gingen – in Spelunken und bestimmte Häuser, und beides, auch das wusste er, war nicht sein Weg. Wenige Male konnte er der Sehnsucht nicht widerstehen, festen Boden unter sich zu spüren, und ging an Land, aber an die Einsamkeit des Meeres gewöhnt, wurde er von den vielen Menschen und ihrem Lärm ganz wirr und kehrte schleunigst wieder um. Dann setzte er sich mit Tyrax in eine Ecke und las. So fand ihn eines Nachmittags der Kapitän, blieb stehen und fragte:
»Na, Michael, wolltest du nicht mit den andern gehen?«
Michael schüttelte den Kopf: »Nein, denn ich weiß, wo sie hingehen, doch dahin will ich nicht, es erinnert mich an den Harterhof, die Knechte dort waren so.« Und stolz setzte er hinzu: »Aber ich bin kein Knecht.«
»Da magst du wohl recht haben, das bist du wirklich nicht.« Und nach kurzem Nachdenken: »Du könntest mit dem Steuermann und mir gehen, wir lieben auch keine Spelunken und Ähnliches, aber es gibt auch Schönes in der Stadt, nicht nur Schlechtes und Niedriges – also, willst du?«
Michael erhob sich, stand vor dem Älteren, er war jetzt beinahe so groß wie dieser, blickte ihn mit seinen dunklen Augen strahlend an und antwortete: »Gerne will ich das, wie gerne, und vielen Dank auch!«
Der nächste Hafen, den sie ansteuerten, lag in Schweden, und die Stadt war so groß, wie Michael noch nie eine gesehen.

»So, Junge, bevor wir losziehen, musst du dich landfein machen. Hier, das habe ich für dich besorgt.« Mit diesen Worten reichte ihm der Kapitän ein Bündel Kleider. »Ich hoffe, mein Augenmaß ist in Ordnung und sie passen.« Und sie passten.
»Sie haben scharfe Augen, Käpt'n«, sagte Michael voller Bewunderung. »Es ist seit dem Hemd der Ahne das erste Mal, dass ich eigene Kleidung trage. Danke!«
An diesem Tag tat sich für Michael eine neue Welt auf. Die beiden führten ihn durch enge Gassen mit uralten Häusern, sie wiesen ihm deren Schönheit, erzählten aus der Zeit ihrer Erbauung und wussten hie und da sogar Geschichten über die Bewohner. Sie liefen mit ihm über einen großen Markt, wo es alles zu kaufen gab, was man sich nur denken konnte. Es roch nach Fisch, nach Früchten, nach Gebackenem, Gebratenem und frischem Brot.
Michael seufzte: »Hier kann ich nicht bleiben, hier bekomme ich Hunger.«
Pieter lachte, ging zu einem Stand und kaufte eine Tüte voll Obst, goldfarbene Beeren.
»Was ist das?«, frug Michael.
»Das sind Trauben, aus ihnen wird der Wein gekeltert.«
»Wein kenne ich, aber diese hier«, er deutete auf das Obst, »habe ich noch nie gesehen, auf dem Harterhof gab es keine.«
»Ist auch besser so«, meinte der Kapitän launig »Trauben brauchen viel Sonne, sonst bleiben sie sauer und der Wein schmeckt wie Essig.«
Und dann saßen sie am Ufer, jeder mit einer Handvoll Trauben, und als die andern längst zu Ende waren, zerbiss Michael immer noch andächtig Beere um Beere. Nach einer Weile fragte er:
»Das Wasser hier vor uns ist wohl das Meer?«
»Nein«, entgegnete Pieter, »es ist Süßwasser, es ist der Mälarsee. Weißt du überhaupt, in welcher Stadt wir sind?«

»Nö«, antwortete Michael seelenruhig. »Sie ist schön, diese Stadt, wunderschön, groß und voller Sonne, das genügt mir.«
Da sagte der Kapitän, und seine Stimme klang dunkel und mahnend: »Es darf dir aber nicht genügen, du musst auch wissen, wo du dich befindest, zudem, das Schöne ist nicht nur schön, es birgt auch Gefahren. So wir uns hingeben, dann …«
Er brach ab.
»Was ist dann?«, frug Michael.
»Es ist kein Gespräch für jetzt, kein Gespräch für die Sonne, es sind Gedanken und Worte für die Nacht, für Meer und Stille. Nur noch eines, Michael, du musst fragen, fragen bringt Wissen, nur wer fragt, lernt – selbst wenn wir lesen, fragen wir, meist, ohne uns dessen bewusst zu sein, denn hätten wir keine Fragen, brauchten wir eigentlich gar nicht zu lesen.«
Staunend hörte Michael zu, dann kam es leise und zögernd: »Und, bitte, was für eine Stadt ist das nun?«
»Es ist Stockholm, die Hauptstadt Schwedens, und dort drüben das große Gebäude ist das Schloss, dort wohnt der König.«
Michael gab es einen Ruck, er setzte sich senkrecht und stieß hervor: »Der König, das ist doch, das ist doch die Obrigkeit?«
»Ja«, meinte der Kapitän, »man kann es so nennen.«
Voller Unruhe frug Michael: »Weiß der König, dass ich hier bin in seiner Stadt?«
Der Kapitän lachte: »Das glaube ich kaum. Und wenn schon, was wäre dabei?«
»Die Ahne sagte, die Obrigkeit duldet nicht, dass man ein Niemand ist, und ich bin ein Niemand, das ist dabei!«, erwiderte Michael trotzig. »Sie können das nicht verstehen, Käpt'n, Sie haben einen Namen und sicher auch Vater und Mutter – Sie mussten nie Angst haben, weil Sie nicht lesen und schreiben konnten, Sie mussten sich nie fürchten vor der Obrigkeit. Sogar vor Ihnen ängstigte ich mich, denn auf einem Schiff ist

der Kapitän die Obrigkeit, das hat mir die Ahne auch gesagt. Ich aber, Käpt'n, ich bin ein Niemand, ich heiße Michael und sonst nichts, ich weiß nicht, wann ich geboren bin, noch genau wo. Meine Mutter ist lange tot, ich kenne nicht einmal ihren richtigen Namen, und einen Vater?« Er lachte zornig. »Einen Vater habe ich nicht – ich will auch keinen, soll er bleiben, wo es ihm beliebt, er hat sich nie um uns gekümmert, weder um die Mutter noch um mich, wahrscheinlich weiß er nicht mal, dass es mich gibt.« Dann starrte er übers Wasser und sagte leise: »Die Ahne meinte zwar, alle Menschen hätten einen Vater, doch ich glaubte ihr nicht, warum sollte ich Niemand einen Vater haben – ich hatte eine Mutter, und selbst sie verließ mich, vielleicht liegt es an mir, ich bin wohl nicht wert, dass man bei mir bleibt.«

»Und was ist mit deinem Freund Tyrax? Der ist sogar durchs Meer geschwommen, um bei dir zu sein, ist das gar nichts?« Pieter war's, der das sagte, der Kapitan aber schwieg, doch sein Blick war tief und dunkel vor Betroffenheit. Auch Michael schwieg, und nach einer Weile sprach er still, wie zu sich selbst: »Tyrax ist ein Tier, und Tiere sind wie Brüder, Tiere sind gut.« Der Wind trug die kleinen Wellen gegen das Ufer, es gab ein schmatzendes Geräusch, manchmal war es Michael auch als kicherten sie. ›Sie spielen Fangen‹, dachte er, ›sie sind so fröhlich, so frei und ohne Angst, sie haben weder Vater noch Mutter und sind doch glücklich – warum kann ich nicht sein wie sie?«
Von fern her drang der Lärm der großen Stadt herüber, es klang wie das Summen eines Riesenbienenschwarmes – über ihm zwitscherte ein Vogel, im nahen Schilf quarrte eine Ente – da sagte der Kapitän, langsam, als suche er jedes Wort: »Siehst du den Turm hinter uns, Michael?«
Michael wandte sich um: »Ja, es sieht aus wie eine Kirche.«
»Es ist eine Kirche, es ist Sankt Gertrud, die deutsche Kirche

von Stockholm. Sie ist alt und sehr schön. Ich bin lange nicht mehr da gewesen, aber heute wollen wir hingehen, ich denke, etwas Ruhe und Nachdenken haben wir nötig.«

Als sie den hohen Raum betraten, still war es hier, die Sonne fiel durch die bunten Glasfenster, ging Michael, das Gesicht nach oben gerichtet, wie ein Schlafwandler. Er sah nicht die Fensterbilder, er sah weder Altar noch Kanzel, er sah nur dieses erhabene, hohe Gewölbe. Da wurde er klein, andächtig und ruhig. Die beiden Männer hielten sich im Hintergrund, und Pieter flüsterte:
»Wir wollen ihn alleine lassen, ich glaube, er braucht das jetzt.«
Und auf Zehenspitzen verließen sie die Kirche. Draußen auf dem Platz fragte der Kapitän: »Um was er wohl betet?«
Pieter antwortete: »Ich denke, um einen Namen und vielleicht um einen guten Vater, aber weißt du, eigentlich sollte kein Mensch nötig haben, darum zu bitten.«
Danach hatten sie ein ernsthaftes Gespräch zusammen, und als Michael aus der Kirche trat, das Gesicht voll Ruhe und Vertrauen, sagte der Kapitän: »Geht einstweilen an Bord, ich komme nach, habe noch was zu erledigen.«

Am Abend, Michael sorgte gerade für die letzte Ordnung vor dem Auslaufen, stand plötzlich der Steuermann vor ihm und sagte: »Du sollst zum Kapitän kommen, wechsle aber vorher die Kleider.«
Da sah Michael staunend, dass Pieter gut gekleidet war und stotterte: »Bitte, Steuermann, was soll das?«
»Wir wollen dir nichts Böses, Junge, bestimmt nicht, tu einfach, um was ich dich bat.«

Als sie gemeinsam die Kajüte betraten, sah er auch den Kapitän, wie er ihn nur kannte, wenn er mit den Behörden verhandelte, fremd wirkte er, beinahe unnahbar. Über dem Tisch war ein weißes Tuch gebreitet, ein Buch lag aufgeschlagen, eine Kerze stand da, ein Becher Wein und eine Schale mit einigen Scheiben weißen Brotes. Dann sprach der Kapitän, und seine Stimme klang rau vor innerer Erregung: »Michael, kennst du solches, weißt du, was es bedeutet?« Michael besah sich alles aufmerksam und antwortete: »Ich denke, es ist für das heilige Mahl, die Ahne hat mir davon erzählt, nur, ich darf es nicht nehmen, so meinte sie, weil ich noch nicht eingesegnet bin.«

»Siehst du, Michael, genau das möchten wir jetzt feiern, der Steuermann, du und ich. Hat dir die Ahne sonst noch etwas erzählt?«

»Oh ja, Käpt'n, sie hat mir erklärt, warum man das Mahl nimmt und wie, sie hat mir vom Weihnachts- und Osterfest gesprochen, ich kenne alle Feiertage des Jahres, auch den Erzengel Michael kenne ich, von dem ich meinen Namen habe, ich weiß viel von ihm, denn die Ahne war klug und fromm.«

»Dann, Michael, hat sie dich gut vorbereitet und gelehrt. Und ich, als Kapitän, darf dich einsegnen, wenn kein Priester auf dem Schiff ist, dein Pate aber wird der Steuermann sein.« Darauf ergriff er das Buch, las die Einsegnungsworte und gab Michael den Spruch: »Der Stein, den die Bauleute verworfen haben, ist zum Eckstein geworden.« Dann nahmen sie zu dritt das heilige Mahl. Darauf setzten der Kapitän und der Steuermann ihre Namen unter ein Papier, der Kapitän reichte es Michael und sagte: »Hier, mein Junge, das verwahre gut, mit diesem Papier kannst du vor jedermann bezeugen, dass du eingesegnet bist.«

Michael nahm das Blatt so vorsichtig, als wäre es zerbrechlich und las aufmerksam den ganzen Text, und darunter stand »Jens Heyen, Kapitän, Pieter Möller, Steuermann«.

Nun war er nicht mehr Michael, der Niemand, war auch nicht nur Michael aus Moelln, jetzt war er Michael aus Moelln, der Eingesegnete, für den zwei Männer mit ihrem vollen Namen unterschrieben hatten. Ihm wurde schwindlig bei dem Gedanken, dass er nun plötzlich ein Mensch war wie alle anderen, einer, der dazugehörte. Hatte er zuvor schon tief und gläubig vertraut, so fühlte er sich jetzt eingehüllt, eingebettet, umgeben von schützender Wärme, als könne ihm nie wieder Böses geschehen. Wie von Weitem hörte er die Stimme Pieters: »So, Michael, zu einer Einsegnung gehört ein Pate – und zu einem Paten gehört ein Patengeschenk, hier, nimm und trag es in Gesundheit.«

Damit reichte er ihm ein Kästchen, und als Michael es öffnete, lag darin eine silberne Uhr mit Kette. Michael konnte nicht sprechen, zitternd hielt er das Kästchen – und weinte. Nach einer ganzen Weile blickte er Pieter strahlend an: »Es ist das zweite Mal, dass ich vor Freude weine, jetzt glaube ich wirklich, dass es Freudentränen gibt. Danke für alles!«

Nach dem Abendessen legte sich Michael zu Tyrax, der ihn schon erwartet hatte, öffnete das Kästchen, hielt dem Freund die Uhr ans Ohr und flüsterte: »Hörst du das Ticken, Tyrax? Ich habe dich, ich habe einen Paten, ich habe eine Uhr, glaubst du, dass es viele Menschen gibt, die so reich sind?« Da knurrte Tyrax zufrieden.

15

Von dem Tag an wuchs in Michael nicht nur sein Selbstvertrauen, es wuchs auch sein Mut. War er früher still dabei gesessen, mischte er sich immer öfter in das Gespräch ein, ob es von der Mannschaft geführt wurde oder von Kapitän und Steuermann. Er tat dies in aller Zurückhaltung und Bescheidenheit. Keineswegs war er dabei devot oder angepasst, seine Gedanken und Worte schienen den anderen oft ungewohnt und fremd – doch stellten sie erstaunt fest, vor allem dem Kapitän und Pieter ging das so, dass, was er sagte, nicht nur ungewöhnlich, sondern meist auch richtig war. Eines jedoch zeigte sich immer häufiger, Michael hatte gelernt zu fragen, nicht im Stillen, für sich, sondern frei und offen. Dabei verknüpfte er Vorangegangenes geschickt mit Gegenwärtigem und vergaß selten Äußerungen und Andeutungen, und mochten sie auch Wochen zurückliegen.

So ging er eines Abends, als er den Kapitän an Deck wusste, ebenfalls nach oben, stellte sich neben ihn und sie schwiegen beide, zwei Gestalten im Schweigen und Schauen vereint. Es mochte eine ziemliche Weile vergangen sein, da begann Michael zu sprechen: »Käpt'n, erinnern Sie sich noch, wir saßen am Mälarsee, da sagten Sie: ›Es darf dir aber nicht genügen, das Schöne, es birgt auch Gefahren, so wir uns hingeben, dann ...‹ Und als ich frug: ›Was ist dann?‹, da sagten Sie: ›Es ist kein Gespräch für jetzt, kein Gespräch für die Sonne, es sind Gedanken und Worte für die Nacht, für Meer und Stille, nur eines, Michael, du musst fragen. Fragen bringt Wissen.‹ Und heute, Käpt'n, haben wir alles, Nacht, Meer, Stille – und ich frage: Was ist dann?«

Der Kapitän sah Michael verwundert an: »Du hast ein beneidenswertes Gedächtnis, alle Achtung! Und nun zu deiner Frage: Dann, Michael, hat er uns in der Hand, der Verführer. Hüte dich vor ihm, denn er ist überall, wo Schönheit ist. Wenn uns das Herz überfließt vor Begeisterung, vor Trunkenheit ...«, und nach einer Pause, »beim Auf- und Untergang der Sonne, bei den Sternbildern über uns, in den blühenden Zweigen eines Strauches sehe ich sein lächelndes Antlitz, ja, selbst im Auge eines Menschen begegnet er mir.«
»So darf ich nie mehr all dies sehen, ohne Angst, ihm zu verfallen? Und wer ist er?«
»Der Lichtträger, Luzifer, und wir brauchen ihn, er öffnet uns die Seele, ohne ihn gäbe es keine Kunst wie dies hier.« Er deutete auf den geschnitzten Widderkopf. »Er darf uns zwar öffnen, aber nicht beherrschen, es muss mehr, Anderes, Tieferes in uns aufsteigen, wenn wir den Schaum der Wellen sehen, wenn wir den Wind in den Höhen singen hören. Schwärmerei, Begeisterung darf nicht das Ende sein.«
Staunend betrachtete Michael den Mann: »Woher wissen Sie das alles?«
Lange blickte der über die dunklen Wasser, dann antwortete er leise: »Das Meer macht stumm, und wer stumm ist, hat Zeit zum Nachdenken. Die Gezeiten sind wie unsere Gedanken, sie kommen und gehen in immerwährendem Gleichmaß nach dem Gesetz – jedenfalls sollten sie das. Darum hüte deine Gedanken und rufe sie zur Ordnung. Betrachte das Meer, es lehrt viel, aber es macht einsam, sehr einsam ...« Seine Stimme verlor sich im Murmeln. Darauf schwiegen sie lange, bis Michael die schwere Hand des Kapitän auf seiner Schulter fühlte: »Geh' schlafen, Junge, es ist schon Mitternacht vorbei.«

Seit jenem Abend veränderte sich Michael. Er gehörte zur Mannschaft, sie hatten ihn aufgenommen als einen der ihren, ihm geduldig erklärt, wenn ihm etwas fremd gewesen. Sie waren rechte Menschen, taten ihre Arbeit gut und pünktlich, und doch fühlte er sich weit weg von ihnen, wenn sie sich unterhielten, er fand ihre Gespräche öde, wenn nicht gar anstößig. Trotzdem wollte er sie nicht kränken, indem er sich abwandte. Seine Sehnsucht trieb ihn zu der väterlichen Güte Pieters und den tiefen Gedanken des Kapitäns. Allein seine Bescheidenheit hinderte ihn, ungebeten ihre Nähe zu suchen. War er früher ohne viel Überlegung zu Pieter gelaufen, zog er sich jetzt in sich selbst zurück. Sein Blick wurde finster, sein Gesicht kantig und verschlossen. Darum sagte Pieter eines Tages zum Kapitän: »Jens, ich mach' mir Sorgen um den Jung', er ist so düster geworden. Er ist zu viel allein, er arbeitet mit der Mannschaft, aber gehört nicht zu ihr. Er arbeitet für uns, so wir ihn brauchen, aber er meidet uns, und das schon seit Wochen.«
Ruhig antwortete der Kapitän: »Er sucht seinen Weg, und das braucht Zeit. Wir standen vor Längerem zusammen auf Deck, es war Nacht, wir sprachen über Dinge, von denen er wohl noch nie gehört, und nun muss er suchen.«
»Wir könnten ihm helfen, ihn mitnehmen beim nächsten Landgang wie damals in Stockholm, das ist lange her und jährt sich bald.«
Heyen schüttelte den Kopf: »Lass' ihn, da muss er alleine durch, muss ohne Hilfe den Mut und die Kraft aufbringen, über die Gräben zu springen.« – »Über welche Gräben?«, fragte Pieter.
»Zuerst über den einen, der ihn von der Mannschaft wegführt, zu der er längst nicht mehr gehört, dann über den andern, um zu uns zu gelangen. Erst, Pieter, wenn er diesen Sprung mutig und bewusst getan hat, ist er wahrhaftig angekommen. So lange müssen wir uns gedulden.«

Einige Wochen später saßen Kapitän und Steuermann des Abends zusammen, der eine las, der andere studierte die Seekarte. Vom Mannschaftsraum her drang Stimmengemurmel und dazwischen lautes Lachen. Da knallte eine Türe, Schritte waren zu hören und entfernten sich in Richtung Deck. Der Kapitän sah von seinem Buch auf und meinte lächelnd:
»Aha, mir scheint, er hat den ersten Graben übersprungen.«
»Woher willst du das wissen, vom Türenknallen etwa?«
»Ja, auch das, und dann spüre ich, dass etwas geschehen ist.«
Pieter schaute ihn an und knurrte: »Du bildest dir wohl ein, du wärest die Pythia!«
»Um so etwas zu erkennen, Pieter, muss ich keine Pythia sein oder ein Orakel befragen, da genügt Aufmerken und Einfühlen. Na, mal sehen, wann er den zweiten Graben angeht.«
Den Abend danach, sie saßen wieder wie vordem, näherten sich Schritte, verhielten kurz, dann klopfte es. Als Pieter öffnete, stand Michael vor ihm und sagte:
»Bitte, Steuermann, ich muss reden, darf ich reinkommen?«
»Aber sicher, was gibt es denn?«
Als sie saßen, begann Michael zu sprechen, am Anfang langsam und zögernd, dann immer sicherer: »Ich bin weggelaufen gestern, ich kann dort nicht mehr sein«, er zeigte in die Richtung des Mannschaftsraumes, »sie sagen schlimme Dinge über Mädchen und Frauen, sie wären sündhaft und schlecht, zu nichts zu gebrauchen als nur zu einer Sache – und dann lachen sie auch noch darüber.«
Pieter entgegnete: »Weißt du, Junge, wenn ich da an meinen Pastor zu Hause denke, der sagte Ähnliches, nur etwas feiner, wenn er von Adam und Eva sprach.«
»Sie meinen den Sündenfall, den kenne ich, die Ahne hat mir davon erzählt.«
»Wir mussten die Geschichte lesen«, sagte Pieter, »immer und

immer wieder, damit wir uns einprägen, wie gefährlich das Weib ist! Hat nur nicht viel genützt, die Warnung, stimmt's, Käpt'n?«

Beide lachten. Michael war aufgesprungen: »Frauen sind gut. Meine Mutter war gut, die Ahne, die Bäuerin Trine waren gut und die kleine Antje! Warum sprechen Sie nur so schlecht von ihnen? Nur wegen dieser dummen Apfelgeschichte?«

»Frauen sind schwach, man kann sie verführen«, versuchte der Steuermann sich zu verteidigen.

Michael funkelte ihn an: »Männer etwa nicht? Den Harterbur hat das Geld verführt, andere verführt das Meer oder ein fernes Land – nur mein Pastor, der war anders, der war wie eine Mutter, zu allen, auch zu mir.«

»Warum nicht wie ein Vater?«, fragte der Kapitän dunkel.

»Nein«, entgegnete Michael hart, »denn Väter sind schlecht, entweder man hat keinen, oder sie schlagen und lügen wie der Bur.«

»Und wir, der Kapitän und ich?«, wandte Pieter ein.

»Sie sind Männer, keine Väter, sonst könnte ich Sie nicht mögen!« Das klang trotzig und unversöhnlich. Und die Augen fest auf die beiden gerichtet, sagte er bitter: »Aber heute sind Sie mir fremd, so fremd wie die, von denen ich weglief.»

Darauf verließ er den Raum und zog die Türe krachend zu. Es herrschte betroffenes Schweigen, da sagte der Kapitän: »Er hat recht in allem, und wir beide, Pieter, wir beide sind Tölpel.«

»Ich bin kein Tölpel, nur weil ich mir einen Spaß erlaubt habe.«

»Pieter, ein Spaß auf Kosten eines andern ist kein Spaß, das weißt du so gut, wie ich es weiß. – Dieser Junge hatte den Mut, den zweiten Graben zu überspringen, und was tun wir? Wir stoßen ihn ins Wasser, und als er drinnen liegt, nass und enttäuscht, stehen wir am sicheren Ufer und lachen – gibt es Hässlicheres? Ich finde, das Wort ›Tölpel‹ ist noch schmeichelhaft für uns.«

Pieter fragte unsicher: »Und was machen wir jetzt, wir beiden Tölpel? Was soll weiter geschehen?«
»Ich werde zu ihm gehen, mit ihm reden, das wird nicht leicht sein, was soll ich ihm nur sagen?«
»So wie ich den Michael kenne, ist es das Beste, du bist ehrlich, du sagst einfach: ›Michael, wir waren Tölpel.‹«
»Ich, der Kapitän, soll vor einem Knaben zugeben, dass ich ein Tölpel bin?«
Erstaunt blickte der Steuermann hoch: »Aber Jens, du sagst doch die Wahrheit, aber, wenn dir die Courage fehlt, lasse mich gehen, bin schließlich sein Pate.«
Nach einer Pause kam es zögernd: »Und, wenn wir zusammen gingen?«
»Zwei gegen einen, findest du das fair, Jens?«
»Das nicht, aber es fällt leichter.« Dann gab er sich einen Ruck, stand auf und sagte entschlossen: »Der Junge hatte den Mut, alleine zu gehen, also sollten wir nicht nachstehen, Pieter, ich werde gehen, und zwar gleich.«
Aber so sehr er auch suchte, er fand Michael nicht – und als er nach ihm fragte, hieß es, der schliefe schon. Doch das stimmte nicht, Michael lag wach, er flüsterte mit Tyrax, erzählte ihm, was vorgefallen, und am Ende frug er: »War das recht, Tyrax? Durfte ich all dies Böse sagen?«
Tyrax vergrub den Kopf zwischen die Pfoten und knurrte vernehmlich. Da seufzte Michael: »Also war es nicht recht, o Tyrax, was soll ich nur tun?« Doch der Freund schwieg, Michael aber wälzte sich die halbe Nacht in Unruhe.

Am nächsten Morgen, er säuberte gerade das Deck, trat der Kapitän zu ihm: »Michael, kann ich kurz mit dir reden?« Michael richtete sich auf.

»Bitte, haben Sie einen Auftrag?« Es klang förmlich und hart. Er blickte den andern an, aber man konnte nicht in sein Inneres dringen, seine Augen waren verschlossen. Der Kapitän antwortete: »Keinen Auftrag, eine Bitte.«
Zuerst wollte Michael weglaufen, dann war plötzlich das Knurren von Tyrax in seinen Ohren und danach das Schweigen – da musste er bleiben. Tyrax hatte ihn noch nie falsch beraten, auf Tyrax konnte er vertrauen. Wie von Weitem hörte er die Stimme des Kapitäns: »Heute Abend, wenn die Mondfischlein springen, stehe ich an der Reling, dort, wo wir beide neulich standen, wirst du kommen?«
Stolz und Ablehnung stiegen in Michael hoch, doch da war immer noch das Knurren und Schweigen von Tyrax in ihm, und nach kurzem Zögern sagte er: »Ich werde da sein.«

Lange standen sie und sahen die silbernen Fischlein über die Wellen springen, dann begann der Ältere zu sprechen: »Wir waren Tölpel gestern, der Steuermann und ich, alte, gefühllose Tölpel. Du kamst zu uns, offen und voll Vertrauen, und wir hatten nichts für dich außer losen Reden und oberflächlichen Worten. Du hattest recht, wir waren nicht besser als die Mannschaft. Nur, wir hatten danach eine sehr schlechte Nacht, alle beide, das ist der Unterschied.«
»Ich hatte auch eine sehr schlechte Nacht, Kapitän.«
»Du? Wieso denn du?«
»Ich durfte so Böses nicht zu Ihnen sagen. Was können Sie und der Steuermann dafür, dass mein Vater treulos war? Selbst Tyrax knurrte und schwieg, als ich ihn nach seiner Meinung fragte – und Tyrax hat eine helle Seele. – Aber nie konnte ich mit jemandem sprechen, in den Wind schrie ich meinen Zorn, meine Enttäuschung, in das raschelnde Schilf, über den Dünen-

sand hin bis zum Meer – gestern hörten mir zum ersten Mal Menschen zu.« Nach einer Weile sagte er müde: »Und jetzt ist es schlimmer als zuvor.« Da tat Jens Heyen, was er seit Jahren nicht getan – er legte den Arm um den Jungen, zog ihn an sich und sagte warm: »Lass' es gut sein, Michael, ich denke, wir drei haben gestern Abend eine ganze Menge gelernt. Wollen wir neu beginnen, anders beginnen? Bist du dabei?«
»Gerne Käpt'n, wie gerne.« Strahlend schaute Michael zu dem Manne auf, und seine Augen waren abgrundtief und offen in ihrem Glück. »Und nun sollten wir den verlorenen Schlaf nachholen, meinst du nicht?«
»Da ist noch was, Käpt'n, woher wissen Sie das mit den Mondfischlein?«
»Vom Steuermann, er hat es mir erzählt, woher nimmst du nur diese wunderbaren Bilder?«
»Ich hatte doch nichts, Käpt'n, keine Bücher, keine Bilder, da machte ich mir meine Bilder selbst. Es ist ganz einfach, glauben Sie mir, man muss die Dinge nur genau betrachten und beobachten, dann entstehen die Bilder.« Er lachte leise und fuhr fort: »Wenn sich das Schilf im Wind bewegte, sah es aus wie die Frauen vom Dorf. Es bog sich hin und her, wedelte mit den Armen, sein Rascheln klang wie Geplapper – der ganze Schilfwald waren tratschende Dorfweiber. Oder die kleinen Wellen, sie laufen gegen den Strand, wie ein Rudel junger Hunde. Sie jagen sich, springen, überkugeln sich, dabei winseln und kichern sie vor Vergnügen, man muss nur stille sein, um sie zu hören – und irgendwann sieht man die Mondfischlein.«
»Der Steuermann hat recht, du bist ein Poet – und darum schreibe solche Bilder auf, sie sind wert, dass man sie aufschreibt.«
Da reckte sich Michael und sagte: »Ach, ist das herrlich!«
»Was ist herrlich? Dass du ein Poet bist?«

»Nein, dass mich dieser Satz nicht mehr ängstigt. Was meinen Sie, Käpt'n, wie oft ich diese Worte hörte: ›Schreib es auf, damit du nichts davon vergisst‹ – und jedes Mal zitterte ich, es war schlimm. Und jetzt«, setzte er glücklich hinzu, »kann ich schreiben, lesen, ich habe einen Paten und bin eingesegnet, jetzt bin ich fast wie alle Menschen. Käpt'n, gibt es viele wie mich, die keinen Vater haben, ich meine, die nicht wissen, wer ihr Vater ist?«
»Ob es viele sind, weiß ich nicht, aber einige außer dir sind es sicher, leider. Und nun lass uns schlafen gehen – und noch etwas, Michael: Danke, dass du gekommen bist.«

16

Ein Jahr ging dahin im Gleichmaß ohne Besonderheit. Michael war jetzt nahezu so groß wie der Kapitän und seine Stimme tief und warm. Nur Tyrax machte ihm Kummer, er wurde immer langsamer, meist fand er ihn schlafend hinter einer Taurolle, kraulte er ihn dann nach alter Gewohnheit, kam ein leises, müdes »Wuff«, mehr nicht. Eines Nachmittags, Michael hatte Freistunde, saßen sie zusammen in der Sonne, da hob Tyrax mühsam den Kopf, leckte seinem Freund noch einmal über die Hand und rollte sich zur Seite. Michael wagte nicht aufzuschauen, er wusste, Tyrax war tot. Er blieb sitzen und schaute ins Weite.
So fand ihn der Kapitän. Mit einem Blick übersah er, was geschehen war, und still sagte er: »Er war sehr alt, Michael. Wir werden ihn zur Ruhe bringen müssen.« Dabei deutete er aufs Wasser. Da sprang Michael auf.
»Nein, Käpt'n, das nicht, nicht ins Meer, bitte nicht, er hat es doch nie gemocht.« – »Weißt du, was du verlangst? Wir sind weit vom Land, mindestens eine halbe Tagreise. Das ist ein großer Umweg, nur für einen Hund.« Michael zuckte zusammen und seine Augen funkelten, als er antwortete: »Sagen Sie so etwas nie wieder, sagen Sie nie wieder ›nur ein Hund‹. Er könnte es hören, und es kränkt ihn so sehr.« Und dann: »Bitte, Käpt'n, bitte!«
Heyen schaute auf und sah die Augen des Jungen, nur diese Augen, da sagte er nach kurzem Nachdenken: »Gut, bringe ihn nach unten, wo es am kühlsten ist, ich spreche mit dem Steuermann.« Als er zu Pieter trat, fragte dieser: »Was gibt's?«

»Tyrax ist tot, wir nehmen Kurs nach Westen und laufen die Orkneys an.«

Pieter stutzte: »Warum denn das? Es kostet uns mindestens einen halben Tag.« Als keine Antwort kam, brummte er: »Ich weiß, das Kerlchen mochte das Wasser nicht, und jetzt will der Jung' ...« Heyen unterbrach ihn:

»Er *will* nicht, er bat, er bettelte regelrecht, und ich konnte nicht ablehnen, Pieter, nicht in diese Augen hinein.«

»Du bist mir vielleicht einer.« Er schüttelte den Kopf. »Aber du hast recht – nur, was sagen wir der Mannschaft? Auf keinen Fall die Wahrheit, denn die heißen uns verrückt, wenn sie erfahren, dass wir wegen eines toten Hundes die Orkneys anlaufen.«

»Wir werden nach Kirkwall fahren, das ist die Hauptstadt, dort habe ich dringende Geschäfte. Niemanden wird es wundern, dass ich in einer Hauptstadt dringende Geschäfte habe. Der Mannschaft geben wir Landgang, das freut sie, und du kannst unbemerkt mit dem Jungen einen guten Platz suchen, still, ruhig und weit weg von der See.«

Und genau so geschah es – hinter der Stadt fanden sie eine Wiese, aus der Ferne vernahm man Stimmen, das Bellen eines Hundes und dazwischen hin und wieder das Blöken von Schafen. Michael strahlte.

»Hörst du das, Pieter, einen schöneren Platz können wir gar nicht finden, hier ist es wie auf dem Harterhof, hier wird er gut schlafen.« Pieter sah ihn an, und sein Gesicht war voll Freude.

»Weißt du, was du soeben getan hast? Du hast mich zum ersten Mal ›du‹ genannt, und das, Michael, bleibt jetzt auch so, denn schließlich bin ich dein Pate, und ein Pate ist so ähnlich wie ein naher Verwandter.«

Indem Michael hinuntersah auf den toten Freund, sagte er: »Es

ist lange her, da habe ich Tyrax gefragt, ob es einen Gott gibt, und Tyrax hat Ja geantwortet. Tyrax hatte recht, wie immer, denn, weißt du, Pieter, Gott hat mir den Tyrax genommen, doch dafür hat er mir, dem Niemand, einen Verwandten geschenkt, nur er kann solch wunderbare Dinge tun, und das hat Tyrax gewusst. Und nun wollen wir ihn ganz vorsichtig begraben.«
Ohne ein weiteres Wort arbeiteten sie, und als Tyrax beerdigt war, setzte Michael die abgestochene Sode darauf, weich bog sich das Gras im Wind, alles sah aus wie zuvor. Lange stand er und schaute auf den Erdenfleck, unter dem sein Freund lag, dann sagte er leise: »Ich werde wohl nie mehr hierher kommen, und selbst wenn, ich könnte den Platz nicht mehr finden – aber das ist gut so, denn der wahre Tyrax ist da, wo ich bin.«
Als sie durch die Stadt zum Hafen zurückgingen, blieb Michael vor einem Geschäft stehen. Allerlei Kram war hier ausgelegt und dazwischen saß, mit aufgestellten Ohren und einem Posthörnchenschwanz, ein Hund, einfach, aber echt in Stein geschnitten. Michael betrat den Laden, erstand den Hund, obwohl er seine ganze Geldbörse dafür leeren musste, und sagte zu Pieter: »Den schenk' ich dem Käpt'n, zum Dank, dass Tyrax nicht ins Wasser musste.«
Am Abend fand Jens Heyen auf dem Bord über seiner Schlafstelle einen kleinen, in Stein geschnittenen Hund und das freute ihn bis tief innen hinein.

Viele Wochen später, es war Herbst geworden und die Blätter der nahen Alleebäume wirbelten um die Aries, die in einem kleinen Hafen vor Anker lag, ging Jens Heyen über Deck. Da sah er Michael sitzen, mit einem Blick in die Wolken, der ihn beklommen machte. Der Junge war abwesend, schwebend, nicht von dieser Welt und so sprach er ihn an.

»Michael. Was denkst du?«
»Ich denke über die Blätter nach, über ihr Leben, über ihr Sterben, und ob es bei uns Menschen dasselbe ist. Wir leben doch auch irgendwo angebunden, angewachsen, dann lösen wir uns, genau wie ein Blatt, schweben, fliegen – wir sehen noch einmal alles, was wir immer gesehen, nur von oben, vielleicht auch uns selbst und unser eigenes Leben. Doch irgendwann kehren wir zurück, ruhen, verändern uns und wachsen erneut, nur anders, hoffentlich schöner, denn alles muss doch einen Sinn haben, kann nicht gleichbleiben. Ein Blatt bleibt kein Blatt, wird vielleicht eine Blume, eine duftende Blume.« Staunend betrachtete Heyen den Jungen.
»Woher nimmst du solche Gedanken?«
Dieser lächelte ihn an, deutete in den Himmel, und indem er die Hand bewegte, als riesele etwas durch seine Finger, sagte er: »Von dort, denn dort wohnen Gott und seine Engel. Es könnte auch meine Mutter sein, die mir die Gedanken schickt, denn sie hat doch alles schon erlebt, genau wie das Blatt hier«, und er haschte ein Blatt aus der Luft und reichte es dem Manne. »Oder es mag sein, dass es daher kommt, weil ich Tyrax zurücklassen musste« – seine Stimme zitterte – »ganz allein, und wir waren doch nie getrennt, seit wir uns kennen. Manchmal höre ich ihn des Nachts bellen, weit weg, wie damals, als wir noch zusammen die Schafe hüteten.«
Der Kapitän stand mit gesenktem Kopf, dann sagte er: »Du bist ein glücklicher Mensch, Michael, dass du solch ein Freund sein kannst.«
Darauf ging er still davon und fühlte sich uralt und bettelarm.
Als sie am Abend beisammensaßen, sprach Heyen, und seine Stimme klang schwer: »Der Jung' ist fort.«
Pieter zuckte zusammen: »Fort, abgehauen?«
»Nein, nicht so wie du meinst, nicht weggelaufen, aber fort, fort

von der Aries, fort von uns, fort von der Erde, in einem anderen Land.« Er stockte: »Im Land der Toten.«
Pieter fragte erschrocken: »Im Land der Toten? Hat er ...« Heyen unterbrach ihn: »Nein, hat er nicht, aber seine Seele ist auf dem Weg.«
»Der Junge ist zu viel allein, in seinem Alter war ich das erste Mal gründlich verliebt. Aber, wo ein Mädchen finden, hier mitten auf dem Meer?« Bekümmert wiegte er den Kopf.
»Das würde auch nichts nützen, Michael ist kein Pieter, er braucht etwas anderes, ihm würde ein Mädchen nicht helfen, noch nicht – er braucht eine Aufgabe, eine Aufgabe, die ihn stärkt, an der er sich hinaufarbeiten muss, wie auf einen Berg.«
Pieter brummte: »Nu, wenn du mich fragst, ein Mädchen kann solch ein Berg sein, ein gefährlicher Berg!«
Unwillig entgegnete Heyen: »Mir ist es ernst, bitterernst, für lockere Reden habe ich keinen Sinn, also halte den Mund, wenn dir nichts Besseres einfällt.«
Pieter schwieg beleidigt. Nach einer Weile verließ er den Raum. Er brauchte jetzt Wind um die Nase, frischen Wind. Als er etwas später das gewohnte Steuerrad in den Händen fühlte, hatte er einen Einfall, und als er den Schritt des Kapitäns auf der Treppe hörte, schmunzelte er und pfiff ein Lied vor sich hin. Er tat, als merke er nicht, dass der andere schon eine ganze Weile neben ihm stand, als der ihn in die Seite stieß und knurrte: »Nun zieh keine Schnute Pieter, sag' lieber, was wir tun sollen.« – »Jo, jo, du denkst, aber ich hab' den Einfall«, grinste der, »ich werd' den Jung einweisen.«
»Du wirst *was* tun?«
»Sag' mal, hast du ne Pelzmütze übern Ohrn? Ich werd' ihn einweisen, werd' einen Steuermann aus ihm machen. Bin schließlich nicht mehr der Jüngste, da kann einen schon mal was ankommen, ne Unpässlichkeit oder Schlimmeres, da ist es immer

111

gut, wenn man ne Vertretung hat. Bisher hast du das gemacht, aber du bist auch nich mehr so taufrisch wie vor Jahren«, meinte er anzüglich. Jens sah ihn von unten her an. »Und wie willst du das angehen?«

»Ganz einfach, ich werd' ihn alles lehren, was ich einmal gelernt habe, alles, was ein Steuermann wissen muss, und vielleicht noch ein bisschen dazu, und, wenn ich damit zu Ende bin, werden wir beide tief in die Taschen greifen und ihn auf die Schule schicken, damit er sein Patent machen kann, einverstanden?«

»Einverstanden!« Und anerkennend setzte Heyen hinzu: »Das war ein guter Einfall, Pieter, ein sehr guter Einfall.«

Und so kam es, dass Michael nun Tag für Tag neben seinem Paten Pieter am Steuer stand. Und von Mal zu Mal wunderte sich dieser, was für eine rasche Auffassungsgabe der Junge hatte.

»Der Michael, das muss wahr sein, ist schneller und klüger als ich«, sagte er darum eines Abends zum Kapitän. Der lachte: »Dazu gehört ja nicht gerade viel, Pieter!«

»Diesmal ist es mir ernst, bitterernst, für lockere Reden habe ich keinen Sinn, den Rest der Rede kennst du, denke ich. Aber das sollst du wissen, der Junge hat einen fixen Verstand, er braucht seltener die Seekarte als andere Anfänger, und wenn die Unsicherheit einmal überwunden ist, kann ich aufs Altenteil gehen.«

»Vielleicht hat er einen klugen Vater gehabt«, meinte Jens leichthin.

»Pah, vergiss den Kerl, jedenfalls hatte er eine sehr gute Mutter, so, wie er sie schildert, war sie kein Mädchen für eine Nacht, und wer solch ein Mädchen verlässt, Jens, der ist ein Lump und nicht besser als der Harterbur.«

»Was hat denn dies alles mit dem Bur zu tun?«

»Das will ich dir sagen, dem einen wurde das Mädchen anvertraut, dem andern das Kind, und beide haben versagt, beide

haben sie dieses Vertrauen mit Füßen getreten, und das, Jens, sieht der da droben gar nicht gern, da ist er sehr empfindlich.«
»Pieter, Pieter, du wirst doch auf deine alten Tage nicht zum Philosophen werden?«
»Um etwas Rechtes zu sagen, dazu muss man noch lange kein Philosoph sein, dazu muss man nur sein eigenes Leben ehrlich und mutig betrachten, dann schafft man das auch ohne Wissenschaft.«
Betroffen schwieg Jens Heyen, und dann sagte er, kaum hörbar, wie zu sich selbst: »Ja, an der Ehrlichkeit hat es mir wohl am meisten gefehlt.«

17

Je mehr Michael in seine neue Aufgabe hineinwuchs, umso offener und klarer wurde sein Blick, umso fester und zupackender seine Hände. Er stand mit beiden Füßen wieder fest auf irdischem Boden, selbst wenn dieser Boden aus Schiffsplanken bestand. Nur nächtens, wenn der Himmel mit glitzernden Bildern bestickt war, besonders wenn das Widdergestirn über ihm wanderte, verlor er sich in den Tiefen dieser fernen Welten, und die alte Sehnsucht schlich sich in seine Augen. Dann konnte es geschehen, dass er den zarten Blütenduft des Apfelbäumchens roch, das im Garten seiner Kindheit gestanden, oder die herbe Frische der aufgebrochenen Erde des Harterhofes. Er hörte das raue Bellen von Tyrax, das bitterliche Schluchzen der kleinen Antje oder die ruhige Stimme der Ahne. Er sah Sternchen übermütig zwischen den Lämmern springen und fühlte die warmen, wolligen Leiber der Schafe um seine nackten Beine. In solchen Stunden war er weit fort von allem, was ihn umgab, und verstand sich selbst nicht mehr.

War ihm nicht so unendlich viel geschenkt worden? Hatte er nicht mehr erreicht, als er zu träumen gewagt? War er unbescheiden, vermessen oder gar undankbar? Oder kam es daher, dass er immer noch nicht wusste, wer er wirklich war, weder mit Namen noch mit Geburtsdatum? Dass er losgerissen dahintrieb, keinem Baum zugehörig, wie jenes Blatt, das er dem Kapitän geschenkt? War es das, was mit ihm umging und ihn nicht zur Ruhe kommen ließ? In solchen Nächten betete er die schlichten Kindergebete, die ihn die Mutter gelehrt, sie waren Heimat, Geborgenheit, Ruhe – und die Aries wiegte ihn, und diese wiegte das Meer, das große, weite Meer, das Gott in seinen unendlichen Armen hielt.

Zwei Winter waren hingegangen, Winter mit beißender Kälte und treibenden Eisschollen, und als es zum andern Mal Frühling wurde, sprach Pieter eines Tages den Kapitän an.
»Wenn ich mich recht erinnere, Jens, ist es so um die vier Jahre her, dass du Michael eingesegnet hast, also müsste er jetzt ins neunzehnte Jahr gehen. Wenn man es bei ihm auch nicht so genau weiß, so wird es doch langsam Zeit, dass wir ihn auf die Schule schicken. Aber wir sollten zuvor mit ihm reden, er ist schließlich kein Kind mehr, das man hin und her schieben kann.«
»Glaubst du, er wird es weigern?«, fragte Heyen.
»Wohl kaum, denn er lernt gern, und das scheint mir das Wichtigste.«
Und so gingen die beiden eines Abends zu Michael, der über seinen Aufzeichnungen saß. Es war schwierig, fand Heyen, in dieses ruhige, entschlossene Gesicht etwas vom Weggehen zu sagen, trotzdem musste es sein. »Michael, wir haben mit dir zu reden.«
Michael legte die Hefte weg und sah auf: »Um was geht es?« Sein Blick war klar und offen, ohne Unsicherheit, ohne Argwohn.
»Du hast nun lange beim Steuermann gelernt«, begann der Kapitän, »kannst eigentlich alles, was ein guter Steuermann braucht und wissen muss, nur eines fehlt dir noch: das Papier, das dich als Steuermann ausweist, und das, Michael, kann dir Pieter nicht ausstellen und auch ich nicht. Dieses Papier kannst du nur auf einer Schule erwerben, durch eine Prüfung.«
Michael schwieg eine ganze Weile, während sich eine tiefe Falte in seine Stirn grub, und dann fragte er: »Und wie soll das zugehen?«

»Du musst die Aries verlassen, auf die Schule gehen, und sobald du das Papier erworben hast, kommst du wieder, ganz einfach.«

»Ganz einfach ...«

Michael atmete schwer, und man sah ihm an, welche Beherrschung es ihn kostete, nicht laut zu brüllen vor Wut und Enttäuschung. Die Knöchel seiner Hände wurden weiß, seine Augen aber schmal und von gefährlicher Schwärze, und dann sagte er langsam, beinahe lauernd: »Und als wer, bitte, soll ich dahin gehen? Etwa als Michael aus Moelln? Oder als der Lehrling des Steuermannes Pieter Möller? Oder vielleicht gar als Schafhirt des Harterbur?«

Bei jedem »oder« wurde seine Stimme härter und bitterer.

»Und warum? Warum und für was soll ich mir das antun, den ganzen Hohn, den ganzen Spott, den ich über Jahre ertragen musste? Für was? Für einen Fetzen Papier, der beweisen soll, dass ich etwas kann, was ich auch ohne diesen Fetzen Papier kann! Hat mich das Papier gelehrt, oder hat mich Pieter Möller gelehrt? Nein, Kapitän, nein und dreimal nein. Nie wieder soll jemand über den Niemand lachen, nie wieder, das schwöre ich, so wahr ich Michael aus Moelln bin – wenn ich überhaupt Michael aus Moelln bin«, setzte er hinzu, »und nun entschuldigen Sie mich, ich brauche frische Luft.« Er erhob sich und verließ den Raum, ohne sich noch einmal umzublicken.

Lange Zeit war es totenstill, dann seufzte Pieter: »Um ehrlich zu sein, so schlimm und schwierig hatte ich mir's nicht vorgestellt.«

»Ich schon, mir war gar nicht wohl bei der Sache, und ich kann ihn verstehen. Wenn ich mich in seine Lage versetze, Pieter, ich glaube, ich hätte ebenso gehandelt.«

»Na, wunderbar«, polterte Pieter los. »Das vereinfacht ja alles ungemein! Dann hast du sicher auch ein Rezept, wie wir da wieder herausfinden.«

»Nein, Pieter, das habe ich nicht. Auch ich habe schon Einfacheres in meinem Leben zu lösen gehabt, denn auch ich kann keinen Vater aus dem Hut zaubern. Aber wenn man gar nicht mehr weiter weiß, soll man sich auf das beschränken, was vorhanden ist.«
»Und was, bitte, ist das?«
»Ein Mensch, der zwar leiblich existiert und den es trotzdem nicht gibt, ein junger Steuermann, der alles Nötige weiß und kann, aber kein Steuermann ist, und zwei alternde Männer, die meinten, klug zu sein.«
Pieter saß da, den Kopf in die Hand gestützt, und seine Augen, halb geschlossen, hatten einen seltsamen Ausdruck. Dann sagte er, und seine Stimme klang weich und warm, als spräche er zu einem Kinde: »Du hast etwas vergessen, Jens, einen Menschen, einen wunderbaren Menschen – jene Frau, seine Mutter, die seit vielen Jahren auf dem Widderstern sitzt, auf dem Mutterstern, wie er ihn nennt. Von dort oben wacht sie über ihr Kind, behütet es, beschützt es, schenkt ihm Träume, schickt ihm Zeichen, die ihn trösten und ihm den Weg weisen. Auch die Aries hat sie ihm gezeigt, immer wieder im Traum – zuletzt an jenem Abend, als ich ihn schlafend fand am Strand. Du hättest erleben sollen, mit welchem Eigensinn er behauptete, es wäre sein Widderschiff, denn er kenne es schon lange und es sei ein Geschenk seiner Mutter, sie habe es ihm geschickt. Ich glaube, es ist mir bis heute nicht gelungen, ihn von etwas anderem zu überzeugen. – Und, ich denke, auf diese Frau, welche die Kraft hat, ihr Kind über Jahre hinweg zu führen, auch uns und unser ganzes Schiff, auf solch eine Frau können wir uns getrost verlassen, sie wird auch in Zukunft für ihren Michael sorgen, denn sie ist stärker als wir beide, und sie hat Helfer zur Seite, die klüger sind als wir beide. Lass' uns einfach vertrauen.«
»Pieter, so kenne ich dich gar nicht, du redest wie ein Pastor.«

»Weißt du, Jens, auch ein Pieter Möller hat verschiedene Seiten, auch er denkt nicht nur mit dem Kopf, sondern hin und wieder ein bisschen tiefer«, und er deutete auf sein Herz.
»Und was soll nun geschehen?«
»Du wirst zu ihm gehen und ihm sagen, was wir hier sprachen, alles wirst du ihm sagen, hörst du? Nichts darfst du auslassen, denn jedes Wort scheint mir wichtig.«
»Und warum willst du nicht gehen? Es waren schließlich deine Gedanken, und es waren gute Gedanken, wirklich, das waren sie, und außerdem bist du sein Pate.«
Pieter wiegte den Kopf hin und her, dann erwiderte er: »Ich kann es nicht erklären, Jens, aber ich bin sicher, du solltest gehen. Da ist so ein Gefühl in mir, tief drinnen, das mir sagt: So soll es sein.«
Der andere nickte stumm und ging. Er war ziemlich sicher, wo er ihn fände. Und dort oben, wo sie so manches Gespräch geführt, berichtete er getreulich, was Pieter ihm aufgetragen, kein Wort, keinen Gedanken vergaß er. Zum Schluss sagte er ruhig: »Und darum, Michael, wirst du bleiben, bis die rechte Zeit gekommen ist, und diese Zeit bestimmen nicht der Steuermann und ich, diese Zeit bestimmt deine Mutter und alle, die um sie sind.«
»Danke, Käpt'n, danke. Nur eine Frage noch, waren es Pieters Gedanken oder auch Ihre?«
»Zuerst waren es seine, aber ich kann sie annehmen, denn sie sind das Beste, was ich seit Langem gehört habe.« Und nach einer Weile: »Eines ist mir klar geworden in den letzten Stunden, ich habe zu viele Jahre versäumt, mit Gott zu reden. Und nun schlafe wohl, Michael, bis morgen.«

18

Seit jenem Abend hatte sich manches verändert. Zum einen waren sich die drei Menschen näher gekommen als je zuvor, zum andern trieb jeden etwas anderes um, jeden nach seinem Wesen. Pieter, in seiner schlichten Art, dachte darüber nach, wie er seinem Patenkind zu einem ehrlichen Namen verhelfen könnte, Jens Heyen sinnierte über sein bisheriges Leben und versuchte einen Weg zu finden zu der Macht, die ihm dieses seltene Menschenkind Michael zugeführt. Er hatte zwar Gott nie geleugnet, aber hatte er ihn nicht verleugnet, indem er sich seit Kinderjahren nicht um ihn gekümmert, nicht in schlechten, noch viel weniger in guten Tagen? Es war ein mühsames Werk, etwas wieder aufzubauen, was verschüttet lag unter einem Gestrüpp unseliger Erlebnisse und finsterster Einsamkeit.

Und Michael? Er grübelte nach, warum die Mutter ihn ausgerechnet auf die Aries gewiesen – woher kannte sie dieses Schiff? Was wusste sie von einem Jens Heyen, von einem Pieter Möller? Kam es daher, dass sie von ihrem Stern aus alles weiter, alles anders sah als er, der kleine, irdische Michael? Oder war es nur einfach der Widderkopf, der ihre Gedanken gelenkt, ihren Wunsch geweckt? Noch vor Wochen hatte er alles in kindlicher Freude als ein Geschenk angenommen, doch nun überfielen ihn diese Fragen, auf die er keine Antwort wusste. So traf ihn eines Nachmittags der Steuermann, sie lagen vor Anker und Michael saß in der Sonne, Sternchen im Arm.

»Na, ihr beiden, macht Platz, dass ich mich zu euch setzen kann.« Er ließ sich auf einer Taurolle nieder und begann Sternchen zu kraulen. »Was ist mit ihm, es schnurrt ja gar nicht?«

»Es ist alt, Pieter, und halb blind, darum hole ich es oft zu mir, denn ich spüre, lange werde ich es nicht mehr haben.« Und nach einer Weile: »Pieter, hast du etwas Zeit?«
»Ja«, meinte der gemütlich.
»Seit jenem Abend, du weißt schon, seit jenem Abend gehen Fragen mit mir um. Ich habe sie schon Sternchen erzählt, aber es schweigt. Tyrax war da anders, der wusste immer die richtige Antwort.«
»Und was sind das für Fragen?«
»Das ist schwierig zu erklären – sonst denkst du vielleicht, dass ich nicht gerne auf der Aries bin – aber das ist es nicht. Ich will wissen, *warum* ich auf der Aries bin, warum mich die Mutter ausgerechnet auf ein Schiff gebracht hat.«
»Weil du das Meer liebst, deshalb.«
»Aber Pieter, das wusste sie doch gar nicht, ich war ja noch so klein, als sie starb.«
»Mütter, mein Jung', sind seltsam, denen muss man so was nicht sagen, die wissen es einfach. Es könnte aber auch sein, dass sie selbst das Meer liebte.«
Michael stutzte, sie selbst? Da war doch etwas, irgendetwas in seiner Vergangenheit, was dem widersprach, aber er konnte sich nicht mehr erinnern, was es war. Er suchte das Ende des Fadens, das er seit Jahren fest in der Hand hielt, aber das Ende war ihm entschlüpft. Bestürzt starrte er vor sich hin.
»Na, was ist, hast du die Sprache verloren?«
Von Weitem drang die Stimme Pieters zu ihm, da antwortete er: »Nein, aber ich suche das Ende des Fadens.«
Verständnislos schaute ihn Pieter an: »Welches Ende? Und von welchem Faden?«
»Von meinem Erinnerungsfaden, denn da war etwas, das hatte mit der Mutter und dem Meer zu tun, aber genau das weiß ich nicht mehr.«

»Und du meinst, wenn du das Ende des Fadens hast, fällt es dir wieder ein?« Michael nickte: »Solange man den Faden nicht loslässt, bleiben die Dinge nahebei, entschlüpft er einem aber, fallen sie in die Tiefe und sind weg. Denkt man jedoch immer wieder daran, dann ist es, als riefe man sie, das Verlorene kommt nicht zur Ruhe, es muss auftauchen, wie Luftblasen auftauchen, ganz plötzlich.«
»Woher nimmst du nur solche Gedanken, Junge?«
»Die Ahne hat es mir einst erklärt, und das mit den Luftblasen ist mir selber eingefallen.«

Es war Tage danach, Pieter und Michael standen am Steuer, die See war unruhig, immer wieder schlugen Brecher über Deck, da rief Pieter: »Sieh dir das an, das Meer ist ein hinterhältiger Räuber, unersättlich, es frisst alles, soeben hat es sich eine Kiste geholt, die nicht festgezurrt war, fort ist sie, weg!«
Michael lachte: »Ich hab' ihn, Pieter, ich hab' den Faden – du hast mir geholfen!«
»Ich verstehe kein Wort.«
»Eines Tages, Pieter, hörte ich meine Mutter zum Nachbarn sagen: ›Das Meer ist böse, es nimmt uns fort, was wir lieben.‹ Das ist der Satz, den ich vergaß, und jetzt weiß ich sicher, meine Mutter hat das Meer nicht geliebt.«
Nachdenklich blickte Pieter über die Wasser: »Aber das, Michael, könnte doch bedeuten, dass deinen Vater das Meer verschlungen hat, wie so viele von uns.«
»Und warum ist er nicht bei der Mutter geblieben, nachdem er – nachdem er mich gemacht hatte, warum ging er weg? Nein, sprich mir nicht von diesem Mann, nie will ich ihn sehen, niemals, und es ist mir gleichgültig, ob er irgendwo lebt, oder ob ihn das Meer verschlang wie vorhin deine Kiste.« Die letzten

Worte schrie er laut gegen den Wind, dann schwieg er. Auch Pieter schwieg, doch nach einer Weile sagte er: »Michael, Michael, du klammerst dich an deinen Hass, als wäre er das Einzige, was dir in dieser Sache weiterhilft. Was aber wirst du tun, wenn dir die Liebe begegnet? Was wirst du tun, wenn eines Tages der Mann vor dir steht, der dein Vater ist, und du musst ihn lieben? Du musst, ob du willst oder nicht, denn die Liebe, Michael, fragt nicht nach deinem Willen, die Liebe ist stärker als du. Doch wer sich ihr verschließt, der verdorrt wie ein Baum, der kein Wasser bekommt.«

»Und wie ist das beim Kapitän, wie ist er? Er ist oft so finster, ist er verdorrt?«

Pieter antwortete einfach: »Er hat dich aufgenommen.«

Michael schwieg betroffen, doch dann entgegnete er: »Das soll alles erklären, nur weil er mich aufnahm?«

»Ja, das soll alles erklären, denn ein Mensch, der sich eines Fremden annimmt, ohne viel zu fragen, der kann nicht verdorrt sein. Und du warst doch ein Fremder für ihn, oder etwa nicht? Nein, Michael, ich kenne Heyen seit vielen Jahren, er ist verschlossen, er ist eigenartig, aber herzlos und kalt ist er nicht. Was ihn allerdings so hat werden lassen, wie er heute ist, das weiß auch ich nicht.«

Langsam dunkelte es, nur die weißen Schaumkronen sah man, und sie wuchsen in die Höhe und in die Breite – da trat der Kapitän zu ihnen.

»Der Wind wird stärker, ich habe kein gutes Gefühl bei der Sache. Wir sollten in diese Richtung steuern, um in Landnähe zu kommen.« Seine Hand wies nach Nord-West. »Dies wird kein Sturm wie die Vorigen, der wird böse.«

Michael sah dem Kapitän nach, dann fragte er verwundert:

»Woher weiß er das, Pieter? Für mich lässt es sich an wie immer, und kann es wirklich noch schlimmer werden?« Pieter lachte.
»Das glaub' ich wohl, wenn der Sturm aus einer Richtung kommt, ist es schon gefährlich, kommt er aber aus verschiedenen Ecken, dann gibt es einen Höllentanz, dann wird das Meer zur überkochenden Brühe. Und was Heyen angeht, der weiß so was, er spürt es, er riecht es, er ist eben ein ganz Besonderer.«
Jens Heyen behielt Recht, der Sturm nahm mit einer Gewalt zu, dass Michael Ziel und Richtung verlor. Die Aries wurde hin und her geworfen, sie krachte und stöhnte, und der Sturm zerriss alles, selbst das Lied von Pieter. Der stand breitbeinig, das Steuer so fest in den Händen, dass ihm die Knöchel weiß wurden. Der Kapitän aber war überall, jetzt hier, dann dort, soeben taumelte ihm Michael entgegen, die Arme voller Seile.
»Gib' her, Junge!«, brüllte Heyen. »Halte dich fest, dass du mir nicht über Bord gehst!«
Und schon rannte er weiter, so sicher, als liefe er auf ebener Erde.
›Was für ein Mann‹, dachte Michael, da hörte er ein Krachen und Splittern über sich, und als er hochschaute, sah er, die Rahe war gebrochen. Er sprang zur Seite, krallte sich an irgend etwas an, aber eines der herabstürzenden Teile traf ihn an der Schulter und riss ihn zu Boden. Da lag er, und die Brecher spülten über ihn hinweg.
»Land! Ich sehe Land!« Das war Pieters Stimme. Nach einer Weile rasselten die Ankerketten, dann wurde es ruhiger, nur der Sturm tobte, als schlüge er mit den Fäusten gegen eine Wand. Michael drehte sich mühsam zur Seite, da erblickte er im Osten einen schmalen Streifen Licht, es musste also früher Morgen sein. Seitlich ragte eine steile Felswand auf und hielt den Sturm

ab: ›Pieter ist doch ein Teufelskerl‹, dachte Michael und kroch auf allen Vieren über die nassen Planken. So fand ihn Heyen.
»Michael, was ist? Bist du verletzt?«
»Nicht schlimm, Käpt'n, mich hat nur ein Stück Rahe an der Schulter erwischt, und jetzt habe ich Mühe mit dem Aufstehen.«
»Warte, ich helfe dir und bringe dich nach unten ins Trockene. Ich komme sobald ich kann und besehe mir deine Schulter.«
Unbeholfen schälte sich Michael aus seinem nassen Zeug, wickelte sich in seine Schlafdecke und wartete. Endlich kamen der Kapitän und Pieter.
»Junge, was hockst du denn hier im Kalten? Du klapperst ja mit den Zähnen wie ein Mühlrad. Wir gehen rüber zu mir, und du, Pieter, schenk' ihm erstmal einen kräftigen Schluck ein, dass ihm warm wird.«
Michael trank, dann schüttelte er sich und meinte krächzend: »Das schmeckt ja grässlich.« Pieter lachte dröhnend: »Hast du das gehört,? Er nennt unsern edlen Rum grässlich, o Michael, du musst noch viel lernen! So, und jetzt runter mit der Decke.« Behutsam nahm er ihm die Decke ab, betastete die Schulter und sagte beruhigt: »Gebrochen scheint nichts, aber ein paar Wochen wirst du's trotzdem spüren.« Die Schulter schwoll bereits an und quer darüber lief eine blutige Schramme. »Am besten, ich lege dir einen Umschlag auf und bandagiere so gut es geht, was meinst du, Jens?«
Als keine Antwort kam, blickte er auf.
»Jens, was ist? Du wirst doch wegen einer blutigen Schramme nicht gleich in Ohnmacht fallen wie eine hysterische Jungfer.«
Jens Heyen antwortete noch immer nicht. Er stand vorgebeugt, starrte auf Michaels Schulter und war leichenblass. »Jens, so sag' doch was, du machst einem Angst«, drängte Pieter. Da hob jener die Hand, langsam zitternd, deutete auf eine Stelle und flüsterte: »Da, Pieter, sieh, das Mal.«

Michael lachte: »Das Mal hat Sie erschreckt, Käpt'n? Das muss es nicht, ich habe es seit meiner Geburt, und die Mutter hatte das Gleiche, es ist das Siebengestirn, sie hat es mir bei sich gezeigt, denn bei mir kann ich es ja nicht sehen. Sie wollte es mir auch am Himmel zeigen, doch vorher starb sie.«
Heyen schwieg, aber sein Atem ging schwer, seine Stimme wollte ihm nicht gehorchen, und so sprach er stoßweise, gepresst: »Wie hieß deine Mutter, bitte sage mir, wie hieß deine Mutter?«
Michael stutzte, was sollte das, war der Kapitän verwirrt, dass er so etwas frug? Er musste doch wissen, dass er den Namen nicht kannte, und darum antwortete er beinahe trotzig: »Mutter hieß sie, und manche Leute sagten auch ›Meike‹ zu ihr.«
Jens Heyen stand gegen die Wand gelehnt, starrte noch immer auf Michaels Schulter und wiederholte in einem Ton, wie ihn Pieter noch nie von ihm gehört:
»Meike, Meike Petersen.«
Michael fuhr herum: »Ja, ja, das ist der Name! Ich hatte ihn nur vergessen, aber jetzt weiß ich ihn wieder!« Und dann fragte er misstrauisch: »Aber wieso wissen Sie das, woher kennen Sie den Namen meiner Mutter?«
Heyen löste sich von der Wand. Aufrecht stand er, Auge in Auge mit Michael, als er sagte: »Weil ich dein Vater bin, Michael.«
Darauf ging er still und zog die Türe hinter sich zu. Michael sah ihn gehen, er sah die geschlossene Türe – und er wartete auf seinen Zorn, auf seinen Hass, der ihn immer bei dem Gedanken an seinen Vater überfallen. Aber nichts geschah, stattdessen hörte er wie von Weitem Pieters Stimme: ›Was aber wirst du tun, wenn dir die Liebe begegnet? Was wirst du tun, wenn eines Tages der Mann vor dir steht, der dein Vater ist, und du musst ihn lieben?‹
Er wandte sich zu Pieter: »Hast du etwas gesagt?« Der schüttelte

den Kopf. Verwirrt dachte Michael: ›Jetzt höre ich schon Stimmen, aber das muss wohl so sein‹, und dann sagte er: »Geh' zu ihm, Pieter, er braucht dich jetzt, ich komme allein klar.«
Da lächelte Pieter still und froh und ging.

Jens Heyen stand an der Reling und schaute, die Bucht im Rücken, weit hinaus. Langsam hob sich die Sonne am Horizont und färbte das Meer golden. Der Sturm hatte sich gelegt: »Es wird ein schöner Tag werden«, sagte Pieter neben ihm.
»Ja, das wird es«, entgegnete Heyen, es klang enttäuscht. »Ich weiß, du hast jemand anderen erwartet – aber lass' ihm doch Zeit, oder denkst du, er steckt das so einfach weg, plötzlich einen Vater zu haben nach beinahe zwanzig Jahren? Sei nicht töricht, versuche dich in ihn hineinzudenken.«
»Pieter, weißt du noch, was er von seinem Vater sagte, was er von allen Vätern sagte? Wenn du es nicht mehr weißt, ich weiß noch jedes Wort.«
»Ich auch, Jens, aber warum glaubst du wohl, dass ich hier bin?« Fragend schaute ihn der Andere an.
»Er hat mich zu dir geschickt.«
»Der Jung' hat dich geschickt?«
»Wohl, ›Geh zu ihm, Pieter, er braucht dich jetzt, ich komme alleine klar‹, das waren seine Worte.«
»Auch darin beschämt er mich, ich bin ein Scheißkerl, ein Versager, bin doch diesen Sohn gar nicht wert.«
»Jetzt reicht es aber, Jens«, polterte Pieter. »Weißt du eigentlich, was hätte geschehen können heute Nacht? Dort draußen könnten wir liegen auf dem Grund, samt unserer Aries. Und keiner von euch beiden hätte je erfahren, was er jetzt weiß. Und was ist wirklich geschehen? Ein Sturm wurde uns geschenkt, ja, guck nicht so dämlich, geschenkt sage ich, denn ohne den

Sturm keine gebrochene Rahe, ohne gebrochene Rahe keine Verletzung, und ohne Verletzung keinen Sohn. Und der da droben hat es gewusst, er hat die Fäden in der Hand. Anstatt auf den Knien zu danken, grämelst du hier herum und zerfließt in Reue und Selbstmitleid – tu endlich etwas, Jens! Geh' zu deinem Kind, das verletzt ist und Hilfe braucht – ich jedenfalls gehe!«
Wütend stapfte er davon und Jens Heyen folgte ihm. Doch bevor Pieter die Türe öffnete, legte er ihm die Hand auf die Schulter und sagte: »Danke Pieter, danke, das hat gut getan.«
»Und war nötig«, brummte der.

Michaels Schulter war verbunden, doch als er gehen wollte, sagte Heyen: »Du bleibst hier und legst dich in mein Bett, deine Koje ist zu unbequem.«
»Und wo werden Sie schlafen, Käpt'n?«
Heyen zuckte bei der förmlichen Anrede zusammen, doch als er Pieters mahnenden Blick sah, antwortete er ruhig: »Ich werde gar nicht schlafen Michael, es gibt viel zu tun, denn die Aries muss wieder flottgemacht werden. Dich aber will ich die nächsten Tage nicht arbeiten sehen, das ist ein Befehl!«
Da lächelte Michael, kroch unter die Decke und schloss die Augen. Ein paar Minuten später kam Heyen zurück, legte ihm Sternchen aufs Bett und meinte: »Hier, nimm sie, damit du nicht alleine bist.« Michael nahm die Katze in den Arm und flüsterte: »Oh Sternchen, warum kann ich mit dir nicht reden wie mit Tyrax, warum gibst du mir keine Antwort.«
Da tat Sternchen etwas, was es lange nicht mehr getan, es begann zu schnurren.

Noch immer lagen sie in der Bucht fest, denn die Aries war an vielen Stellen beschädigt. Darum wurde gesägt und gehämmert, zerrissene Segel geflickt; jeder war tätig, nur Michael lief herum, Sternchen im Arm, das fast nur noch schlief. Eben blieb der Kapitän vor ihm stehen.
»Wie geht es deiner Schulter, Michael?«
»Danke, viel besser. Pieter macht alle paar Stunden einen neuen Umschlag. Darum kann ich auch heute wieder in meiner Koje schlafen, dann können ...« Er stockte. »Dann wird das Bett frei, und vielen Dank dafür.«
Heyen blieb stehen, wartend, doch als Michael schwieg, schwieg auch er. Darauf nickten sie sich zu und jeder ging seiner Wege, der Kapitän zu Pieter, Michael in die Kombüse.
»Hast du keine Arbeit für mich, Smutje, zum Gemüseschneiden tauge ich schon wieder.« Der lachte, schob ihm einen Haufen Gemüse zu, und Michael begann zu schneiden. Das war eine gute Tätigkeit, man konnte dabei den Gedanken nachhängen. In seinem Innern war alles durcheinander geraten.
Hatte er vorher schon nicht viel über sich gewusst, jetzt wusste er gar nichts mehr. Wer war er denn nun wirklich? War er Michael aus Moelln, war er Michael Petersen, war er Michael Heyen? War er der Sohn des Kapitäns oder war er der Sohn der Meike Petersen? ›Weil ich dein Vater bin‹, hatte Heyen gesagt, er hatte ihn aber nicht seinen Sohn genannt. Vielleicht wollte er ihn nicht, wollte überhaupt keinen Sohn. Vielleicht hatte er die Mutter gar nicht geliebt, und er, Michael, war nur der Zufall einer Nacht. An Stelle des Hasses trat Unsicherheit und Misstrauen. Tief drinnen spürte Michael, dass die Dinge ganz anders lagen, als es ihm seine düsteren Gedanken eingaben, aber sich dem zu öffnen, auf den Mann, der sein Vater war, zuzugehen, ohne Arg, ohne Trotz, das konnte er noch nicht. Ob er mit Pieter sprach? Dem klaren, ruhigen Pieter, der immer alles

geraderückte, ob auf dem Schiff oder in der Seele. Pieter war schließlich sein Pate, aber er war auch der beste Freund Heyens. Michael zögerte und verhielt den Schritt.

»Na, Michael, ist es denn so schwer?« Das war Pieters Stimme, er wandte sich um, doch – da stand niemand. Unwillig murmelte er: »Jetzt wird es Zeit, dass etwas geschieht, ich fange an zu spinnen«, und entschlossen machte er kehrt und ging zum Steuer. Lange standen sie schweigend, dann meinte Pieter gemütlich: »Erst der eine, dann der andere. Auf, lass' es raus, Michael, bevor es Schimmel ansetzt!«

»Wer war vor mir da?«

»Dumme Frage, dein Vater natürlich, mit genau so einem trüben Gesicht wie du.«

»Warst du hier, die ganze Zeit?«

»Na klar, wo soll ich denn sonst sein, warum fragst du?«

»Weil ich deine Stimme hörte, als stündest du neben mir.«

»Und was sagte meine Stimme?«

»›Na, Michael, ist es denn so schwer?‹ Genau das sagtest du.« Pieter nickte befriedigt: »Das is gut.«

»Ich verstehe dich nicht, was soll daran gut sein, wenn einer anfängt, verrückt zu werden?«

»Nun mal langsam, mein Junge, nur weil du mich gehört hast, obwohl ich hier am Steuer stand und du auf Deck, biste noch nicht verrückt. Genau was du gehört hast, dachte ich nämlich, als ich dich stehen sah, und Gedanken, Michael, sind was ganz Besonderes, und wenn man sie hören kann, so wie du jetzt, dann hat man eine offene Seele, und nur wer eine offene Seele hat, wird den andern verstehen.«

»Ich werde diesen Mann nie verstehen«, erwiderte Michael schroff.

»Herrgott, Michael, gib *diesem Mann*, wie du ihn nennst, endlich den Namen, den er verdient, sag ›Vater‹ zu ihm.«

»Er verdient ihn nicht, niemals, ich müsste ›Vater‹ sagen wie ich ›Mutter‹ gesagt habe, und genau das kann ich nicht.«
»Und warum kannst du es nicht?«
»Weil, weil ich doch gar nicht weiß, ob er mich überhaupt will. Er ist mein Vater, gut, aber bin ich sein Sohn? Hat er je gesagt, dass ich sein Sohn bin?«
Pieter schnaubte: »Weißt du was, ihr beide seid euch so ähnlich in euren Zweifeln, eurem Undank, ihr könnt gar nichts anderes sein als Vater und Sohn.«
»Wieso sind wir undankbar, Pieter, wieso?«
»Da lässt der liebe Gott einen Sturm los, der viele Menschen in Todesangst stürzt, nur um euch beide zusammenzubringen, und ihr habt nichts Besseres zu tun, als dieses Geschenk schiefäugig zu betrachten. Wenn das kein Undank ist! Weißt du denn, ob sich alles so zugetragen hat, wie du es dir in deinem Kopf zurechtschiebst, weißt du das? Oder kann es nicht völlig anders gewesen sein? Seit zwei Tagen lauft ihr nebeneinander her und seid euch fremder als zuvor. Tu endlich etwas, Junge!«
»Und was, bitte, soll ich tun?«
»Fragen, Michael, einfach fragen.«
»Ihn soll ich fragen, ausgerechnet ihn?«
»Hab' ich das gesagt? Du könntest zum Beispiel mich fragen.«
»Hm, das könnte ich – hast du das gemeint, als du mir vorhin den Gedanken schicktest?«
»Ja.«
Langsam und leise, ohne jeden Trotz, frug Michael: »Hat er meine Mutter lieb gehabt, Pieter, sprach er dir davon?«
»Ja, er hat sie lieb gehabt, Michael, sehr lieb sogar.«
»Warum ging er dann weg und kam nicht wieder?«
»Das Meer, Junge, das Meer zog ihn, das Meer ist stark und unerbittlich, außerdem, er kam wieder, nach zwei Jahren zurück in die Stadt, in der sie zusammenwaren, er suchte sie, aber sie

war weg und keiner wusste wohin. Sie hatte alle Spuren verwischt. Da ging er, und seitdem ist er der finstere Heyen, den wir kennen.«
»Warum wurde er finster? Weil er einsam war?«
»Nein, Michael, nicht darum, sondern weil er genau spürte, dass es falsch gewesen, zu gehen. Weil er dem Meer hätte widerstehen müssen, wenigstens dieses eine Mal, und weil ihn die Frage umtrieb, ob da vielleicht ein Kind wäre, sein Kind. Diese Frage drängte er weg, diese Frage konnte er nicht ertragen. Und dann warf dich der Sturm vor seine Füße, im wahrsten Sinn des Wortes, und er sah das Mal, das euch auf die Schulter gezeichnet wurde, deiner Mutter und dir – in diesem Augenblick brach alles über ihm zusammen.« Nach einer Weile: »Und wenn du ihn jetzt noch verurteilen kannst, wenn du ihn jetzt noch hassen kannst, dann tu es, dann kann auch ich dir nicht mehr weiterhelfen.«
Da wandte sich Michael ohne ein Wort und ging davon, ging zu jener Stelle an der Reling, die ihm die liebste war. Hier würde er warten, und wenn es Stunden dauern sollte.

Inzwischen dunkelte es, langsam stieg der Mond und schenkte dem Meer die Silberfischlein – da hörte Michael Schritte über Deck näher und näher kommen, dann stand Heyen neben ihm und lehnte sich über das Geländer. Michael blickte nach oben in die Sterne, da sagte Heyen: »Siehst du den Stern dort, den hellen, großen? Kennst du ihn?«
»Ja, es ist der Nordstern, er steht unverrückbar im Norden, sagt Pieter.«
»Ja, das stimmt, aber wenn du hochfährst zum Eismeer, steht er senkrecht über dir.«
Michael atmete tief und dann sprach er, als suche er jedes Wort:

»Wenn du zum Nordstern fliegst und lässt dich fallen, fällst du mir in die Arme.«

»Woher weißt du das?«, stieß Heyen hervor. Michael lächelte: »Von der Mutter, sie sagte es, als sie mir den Nordstern zeigte, ihre Stimme klang seltsam, darum weiß ich es bis heute. Dann warst also du es, der dies sagte.«

»Ja, damals fuhr ich zum Nordmeer, einmal, denn es ist eine teuflische Fahrt für ein Schiff wie die Aries. Ja, da sagte ich es.« Dann murmelte er: »Meike«, und sein Gesicht war verschattet bis in die Augen hinein. Michael beugte sich vor, legte seine Hand auf die Hand des Mannes und sagte leise: »Du hast doch jetzt mich, Vater.«

Jens Heyen horchte den Worten nach, »Vater« hatte er gesagt, das erste Mal nannte ihn jemand Vater. Es durchströmte ihn, als läuteten alle Glocken in seinem Innern zusammen.

»Du hast ›Vater‹ gesagt.«

»Ja, du bist doch mein Vater – endlich habe ich einen Vater! Übrigens, Pieter meint, das könne gar nicht anders sein, denn wir wären uns sehr ähnlich in unseren Zweifeln und allem.«

»Wenn Pieter das sagt, stimmt es, in deinem Jähzorn jedenfalls schlägst du nach mir.«

»War es sehr schlimm?«

»Na ja, mir hat's gereicht. Weißt du, es ist nicht angenehm, sich selbst ins wütende Gesicht zu sehen. Eigentlich hätte ich an deinen Ausbrüchen schon erkennen müssen, dass du zu mir gehörst.«

Der Mond stand voll und rund über den Wassern, und die Mondfischlein sprangen schöner denn je, da sagte Jens Heyen weich und warm: »Die Mondfischlein jedenfalls hast du nicht von mir, sie sind das Erbe von Meike.«

»Hatte sie viele solcher Gedanken?«

»Oh ja, ich werde dir davon erzählen, nur, heute muss Schluss

sein, es ist spät und wir wollen morgen zeitig auslaufen, die Aries ist flott.«
»Wohin werden wir fahren?«
»Nach Travemünde.«
»Was wollen wir denn da?«, fragte Michael.
»In Travemünde begegnete ich deiner Mutter. Travemünde war unsere Stadt und wohl auch die Stadt, in der du hier auf Erden angekommen bist, und darum will ich mit dir dort hingehen; und da werden wir auch Ruhe haben, zu sprechen. Von Travemünde fahren wir beide zu Lande weiter nach Moelln, denn dort werde ich auf den Ämtern forschen, dort wird es mir hoffentlich gelingen, festzuschreiben, dass du mein Sohn bist. Und nun schlaf wohl, mein Junge.«
»Schlaf wohl, Vater, grüß Pieter von mir, und erzähle ihm, was wir sprachen, bitte, er muss es wissen.«

19

In Travemünde ankerte die Aries, und Pieter ruderte Vater und Sohn an Land.
»Nun macht es gut, und wenn ihr wiederkommt, will ich zwei Heyens hier begrüßen. Ich werde die Zeit nutzen, um die alte Dame dort draußen wieder gänzlich seefest zu machen.«
Den ganzen Tag waren sie durch die Stadt gelaufen, in alle vertrauten Winkel führte Jens Heyen seinen Sohn. Nun, am späten Nachmittag, blieb Michael plötzlich stehen.
»Was ist, bist du müde?« Michael lachte.
»Nein, aber hungrig. Weißt du eigentlich, dass wir seit dem Frühstück auf der Aries nichts mehr gegessen haben?«
»Jetzt, wo du es sagst, weiß ich es, aber diese Stadt hängt für mich voller Erinnerungen, wie ein Weihnachtsbaum. Da kann man schon mal vergessen, dass einen hungert.«
»Warst du öfter hier?«
»Nein, nur das eine Mal, als ich sie suchte, dann nie mehr. Weißt du, Michael, der Einsamkeit muss man nicht nachlaufen, sie erreicht einen überall. Ich hatte den Mut und die Kraft nicht, alleine hierher zu kommen. Aber jetzt gehen wir in unser Quartier, essen tüchtig, und dann wandern wir hinaus zum Timmendorfer Strand.«

»Hier ist es schön«, sagte Michael, als sie am Strand saßen und auf das Wasser schauten. »Vor allem ist es ruhig, ich bin die vielen Menschen nicht mehr gewohnt. Bist du hier auch mit ihr gewesen?«

»Ja, oft.«
»Dann hat sie damals das Meer noch geliebt?«
»Ja, sie liebte das Meer, doch sie war ihm nicht verfallen, wie ich. Aber warum sagst du ›noch‹?«
»Weil ich sie einmal zum Nachbarn sagen hörte: ›Das Meer ist böse, es nimmt uns fort, was wir lieben.‹ Darum glaubte ich auch lange, das Meer sei ein böser Mensch. Ich war ja so dumm und unwissend.«
Heyen schwieg, nach einer Weile sagte er leise: »Rücke ein wenig näher, Junge, dass ich dich spüre, mir wird kalt. Einmal saßen wir hier, es war gegen Abend wie heute, da lachte sie leise vor sich hin und flüsterte: ›Hörst du sie kichern, Jens?‹ Dabei deutete sie auf die kleinen Wellen. ›Sie kichern wie eine Horde kleiner Kinder, und sie benehmen sich auch so, sie spielen miteinander. Sieh nur, wie sie sich überkugeln und Purzelbäume schlagen!‹ Das war Meike.«
»Daher die Mondfischlein!«
»Ja, daher die Mondfischlein, Michael. Ein andermal, es war an einem der letzten Abende, ehe ich sie verließ, stand sie barfuß am Wasser, blickte ins Weite und sprach wie zu sich selbst, doch auch zu mir. ›Siehst du die Welle?‹ Sie wartete, bis ihr die Wasser um die Füße spielten. ›Sie kommt, berührt mich und geht wieder. Ich weiß nicht, wann sie wiederkehrt, aber ich fühle ihre Berührung noch lange. Und so ergeht es mir mit manchen Menschen – wir sind uns begegnet, haben uns berührt, mit den Händen, mit Augen, mit der Seele, und gehen wieder auseinander, für kurze Zeit vielleicht, oder für dieses Leben, ich weiß es nicht. Aber unsere Begegnung ist unverlierbar. Und dann kamst du, von dem ich immer wusste, dass er kommt, aber nie wusste, wann.‹ Erst nach vielen Jahren begriff ich, dass sie damals Abschied von mir genommen, zwar einen hoffenden Abschied, aber eben doch Abschied.«

Michael saß still, die letzten Sonnenstrahlen fielen auf sein Gesicht und machten es leuchtend.
»Junge, dein Gesicht ist voller Sonne.«
»Ja«, antwortete Michael glücklich. »Ich bin stolz, dass ich so wunderbare Eltern habe.«

Spät am Abend kamen sie nach Moelln, und bevor sie sich niederlegten, sagte Heyen: »Morgen früh gehe ich auf die Ämter, Michael, doch dahin gehe ich alleine, ich will nicht, dass man dich ausfragt.«
»Danke, Vater.«
»Nur, kannst du ausrechnen, wie alt du ungefähr warst, als man dich von hier wegbrachte?«
»Ich müsste im sechsten Jahr gewesen sein, gewiss nicht älter.«
»Und was wirst du tun?«
»Ich werde das kleine Haus suchen, in dem wir wohnten und dann –« Er stockte.
»Und dann wolltest du zum Friedhof gehen, Michael. Ist das nicht so?« Michael nickte.
»Das wirst du nicht tun, denn dahin gehen wir gemeinsam. Es gibt Wege, die sollte man nicht alleine gehen.«

20

Seit Stunden lief Michael durch die Stadt, endlich kam er in eine Gegend, die ihm einigermaßen vertraut vorkam, und richtig, am Ende der Straße fand er das Häuschen. Er blieb stehen – aus dem Apfelbäumchen war ein Apfelbaum geworden, in seinem Schatten spielte ein kleiner Junge – die Zeit schien stehen geblieben. ›Gleich öffnet sich die Türe und die Mutter ruft mich zum Essen‹, dachte Michael, da wandte er sich und ging rasch davon; der Vater hatte recht, es gab Wege, die sollte man nicht alleine gehen.

»So, Michael«, sagte Heyen am Mittag. »Ehe wir essen, will ich dir berichten. Ich habe dich gefunden in den Akten, dich und Meike. Du bist tatsächlich hier in Moelln geboren, und zwar am 5. April, im Zeichen des Widders, genau wie ich.«
»Ja, ich weiß.« – »Du weißt das? Woher?«
»Es muss wohl im Frühjahr gewesen sein, da ging die Mutter mit mir vors Haus, es war dunkel und der Himmel voller Sterne. Sie hob mich auf den Arm, deutete nach oben und sagte: ›Dies ist der Widder, im Zeichen des Widders bist du geboren – wie er.‹ Aber wer *er* ist, sagte sie nicht, und ich getraute mich nicht zu fragen, denn ihre Stimme klang seltsam, und ihre Augen waren traurig und weit fort von mir. – Und wann bist du geboren, Vater?«
»Auch im April, am 18., und das kommende Jahr werden wir feiern, denn das kommende Jahr wirst du Zwanzig, und danach, Michael, geht's auf die Schule.«

»Muss das sein? Jetzt bin ich endlich zu Hause und soll schon wieder weg.«
»Ja, es muss sein, denn du willst wohl nicht ewig nur ein Rudergänger bleiben, und das müsstest du, wenn du das Papier nicht hast. Ich wünsche mir, dass mein Sohn mindestens Steuermann wird, der Wichtigste an Bord neben dem Kapitän. Am liebsten wäre mir, du würdest auch noch das Kapitänspatent machen, damit ich einen Erben habe.«
Michael erwiderte ernst: »Und was wird, wenn auch ich einmal einer Meike begegne? Soll dann alles wieder von vorne anfangen? Das Abschiednehmen, die Einsamkeit, die Trauer?«
Heyen sah betroffen auf: »Nein, Junge, nein, das nicht.« Und nach einer Weile des Nachdenkens: »Die Aries ist zwar ein wunderbares Schiff, aber sie darf niemals wieder wichtiger werden als ein Mensch.«
Am Nachmittag gingen sie zusammen auf den Moellner Friedhof, suchten das Grab, bepflanzten es mit immergrünen Gewächsen, und Jens Heyen gab einen Stein in Auftrag, auf dem stand *Meike Petersen–Heyen*. »Denn«, meinte er zu Michael, »sie war meine Frau, wenn auch nicht vor dem Gesetz.«
Einige Tage später holten sie die Papiere ab, die aus Michael aus Moelln Michael Heyen machten, und ehe sie nach Travemünde zurückfuhren, zeigte Michael seinem Vater das kleine Haus mit dem Apfelbaum.

21

Am Abend nach ihrer Rückkehr teilte Heyen der Mannschaft mit, dass Michael sein Sohn sei. Das gab ein Hallo! Am meisten freute sich Smutje, der griente breit.
»Jetzt kann ich aller Welt erzählen, dass der Sohn des Käpt'n bei mir Töpfe geputzt und Gemüse geschnippelt hat.« Michael lachte.
»Das bleibt auch so Smutje, wenn du mich brauchst, bin ich da.« Erschrocken stotterte der: »Um alles, nö, das geht doch nich.«
»Und warum geht das nicht? Bin ich ein anderer geworden, nur weil ich nun Heyen heiße? Ich denke, wir leben zusammen wie bisher. Die Aries ist kein Luxusdampfer, sie ist ein Frachtensegler, da muss jeder ran. Oder hast du hier schon mal einen Passagier erlebt?«
Smutje dachte nach. »Jo, vor Jahren hatten wir mal einen.« Er kicherte. »War en komischer Vogel, lief über Deck mit lange Schritte und sang egal, aber keine rechte Lieder wie wir oder Pieter, sondern so dustriges Zeug, dass man ne Gänsehaut kriechte beim Zuhören.«
»Siehst du, und der musste kein Gemüse schnippeln, oder?«
»Nö. Der nich, mit so feine Hände, der doch nich, aber freundlich war er, das muss wahr sein. Sag mal, wird der Alte auch nüscht dagegen haben, wenn du mir weiter schnippeln hilfst?«
»Der Alte? Da kennst du ihn aber schlecht, der würde mich bei den Ohren nehmen, so lang wie ich bin, wenn ich es weigerte. Der ist nämlich nicht eingebildet, das hat er gar nicht nötig.«

Am Abend, als sie zu dritt zusammensaßen, fragte Michael: »Vater, Smutje erzählte mir heute, du hättest mal einen Passagier an Bord gehabt. Einen komischen Vogel nannte er ihn, mit gruseligen Liedern.«
Heyen lachte: »So sieht es Smutje, doch ich schätzte ihn sehr. Er wusste viel, war weit umher gekommen und man konnte gute Gespräche mit ihm führen, über Kunst zum Beispiel. Er war Opernsänger und sollte den ›Fliegenden Holländer‹ singen.«
»Das ist eine Oper?«
»Ja, und die möchte ich gerne einmal mit dir besuchen.«
»Und nur weil er ›den Holländer‹ singen sollte, kam er auf die Aries?«
»Nur deshalb. Eines Abends standen wir an Deck, dort wo wir auch oft stehen, da sprach er: ›Wissen Sie, wenn ich den Holländer singe, ohne hier gewesen zu sein, so ist es Oberfläche, Vorstellung, Schwärmerei. Wenn ich hier bin und das Meer wahrnehme, es höre, rieche und dann singe, so ist es nichts anderes als Nachahmung. Aber Kunst ist viel mehr. Kunst ist in mich aufnehmen, umformen, das herausholen, was einmal zu Beginn in dieses Meer hineingelegt wurde, seine Aufgabe, zumindest der Versuch seine Gesetze zu entdecken. Sehen Sie‹, und er deutete in die Ferne, ›sehen Sie, wie die Nebel sich aus dem Wasser heben? Sie ziehen in die Himmel, werden Wolken, werden Regen, werden wieder Wasser. Erst wenn ich das begreife, begreife ich das Meer, erst dann darf ich den Holländer singen. Viel zu oft müssen wir uns mit der Nachahmung, mit der Oberfläche zufriedengeben. Wenn wir das vermeiden können, dann sollten wir es vermeiden, denn Kunst, echte, ernsthafte Kunst, ist Demut vor Gott und seiner Schöpfung.‹ Nach einer Weile setzte er hinzu: ›Das gilt für alles, ob wir malen, komponieren, den Holländer singen oder ein Bildwerk schaffen. Der ihn gemacht hat‹, und damit zeigte er auf den Widderkopf, ›hat

darum gewusst, denn er schuf mehr als einen Widder, der Gras frisst, Schafe begattet und der Herr der Herde ist – er schuf den gewaltigen Widder, den Gott an den Himmel gesetzt hat und der als Sternzeichen in jedem Frühjahr durch das All zieht.‹«
Sehr lange war es still, dann sagte Pieter: »In meinem ganzen Leben war ich noch in keinem Theater, und mit dem Lesen hab' ich's auch nicht so sehr, aber heute begreife ich zum ersten Mal, was Kunst ist. Weißt du, Jens, dabei kann man richtig fromm werden.«
Michael schwieg, doch er blickte voll Bewunderung auf seinen Vater. Was hatte dieser alles erlebt, wie viel wusste er – und er, Michael, war der Sohn dieses Mannes, er, der Niemand, der Nixnutz vom Harterhof, der einmal daran gezweifelt hatte, dass es einen Gott gibt.

So wie es Michael gesagt, kam es. Er blieb, der er immer gewesen, scheute keine Arbeit, und war freundlich und offen wie eh und je. Lediglich wenn sie lose Reden führten, ging er still davon, aber das hatte er schon von jeher getan. Nachdem er zwanzig Jahre geworden, begleitete ihn Heyen nach Lübeck auf die Schule. Beim Abschied meinte er: »Ich werde dir hin und wieder schreiben, wie es auf der Aries geht, und von dir kann ich nur hoffen, dass du es gut schaffst, denn an uns Post zu senden ist schwierig. Und in einem Jahr bin ich wieder hier.«
Seine Stimme klang rau, da nahm er seinen Sohn einfach in den Arm und lief davon, ohne sich noch einmal umzuwenden.

22

Für Michael brach eine neue Zeit an. Erst musste er lernen, wieder in einem richtigen Bett zu schlafen, was ihm so ungewohnt war, dass er die ersten Nächte auf dem Fußboden zubrachte. Viele um ihn waren Steuermanns- oder Kapitänssöhne wie er, und sie verkehrten mit ihm nicht anders als untereinander. Doch er fühlte sich unsicher, und erst jetzt merkte er, wie klug der Vater gehandelt, als er ihn hierher schickte, denn er musste lernen, sich gleichwertig unter diesen Menschen zu bewegen. Er musste den Niemand, den Nixnutz endgültig ablegen, und er spürte erst hier, dass das gar nicht so einfach war. Wie hatte Pieter einmal zu ihm gesagt: »Weißt du, mein Junge, hab Geduld, die Eierschalen kleben an uns wie Pech, sie loszuwerden, das dauert.«

Hin und wieder bekam er einen Brief vom Vater, einen knappen Bericht, der immer damit endete, dass er allen fehle, vor allem Smutje sei am Jammern, weil ihm keiner mehr Gemüse schnippelte. Michael lachte in sich hinein. Wenn die hier wüssten, dass er Töpfe geschrubbt und Gemüse geschnippelt, doch er war inzwischen klug genug, solches zu verschweigen. Die Schule selbst machte ihm keine Schwierigkeiten, im Gegenteil, in Vielem war er den andern voraus und erkannte, was für ein wunderbarer, umsichtiger Lehrmeister Pieter gewesen. Darum lebte er auch sparsam und legte von dem Geld, das der Vater ihm überlassen, jeden Monat etwas zurück, denn davon wollte er seinem Paten und Lehrer am Ende der Schule ein Geschenk kaufen. Über etwas aber musste er sehr nachdenken: Er hatte immer geglaubt, dass er das Meer liebe, vor allem anderen das Meer. Doch nun lief er so oft er konnte hinaus in die Felder vor der Stadt. Dort legte er sich in die Wiesen zwischen Glockenblumen und Mohn oder an einen Ackerrain, freute sich über den Erdgeruch, horchte auf das dunkle Lied der Ähren, das zarte Wispern der Gräser, und eine Lerche stieg über ihm mitten ins Sonnenlicht. Tönte von weitem das Blöken von Schafen, das Bellen eines Hundes, dann fühlte er sich rundum glücklich, eingehüllt in Wärme und Leben. In solchen Stunden verstand er sich selbst nicht mehr.

War er unbeständig, ohne Mitte? War er Seemann? War er Bauer? Hatte er je ernsthaft darüber nachgedacht, wer er wirklich war? Oder hatte er sich nur treiben lassen von seinen Wünschen, seinen Sehnsüchten? Vielleicht war dies alles nur geschehen, um seinen Vater, seine Wurzeln zu finden? Er wusste es nicht. Nur dann und wann konnte es sein, dass er im Halbschlaf die Stimme der Ahne hörte und das helle Geplapper der kleinen Antje, dass ihm die eine einen Korb Beeren zeigte und die andere ihre Mietzemau. Dann fuhr er verwundert auf und lief zurück zur Stadt, aber die wohlige Wärme dieser Bilder begleitete ihn noch lange.

An solch einem Nachmittag führte ihn sein Weg durch ein Dorf, und als er die kleine Kirche liegen sah, klinkte er die Türe auf und trat ein. Es war ein schlichter Raum, fast schmucklos, nur ein irdener Krug voll leuchtender Sonnenblumen stand auf dem Altar. Michael schob sich in eine der Kirchenbänke und vergrub das Gesicht in den Händen. Wie lange er gesessen, wusste er nicht, da frug eine Stimme: »Kann ich Ihnen helfen?« Er blickte auf und sah einen Mann neben sich stehen, etwas älter als er, mit klaren, offenen Zügen und ruhigen, ernsten Augen.

»Wenn jemand diese Kirche aufsucht, außer zum Sonntagsgottesdienst, so hat er meist Kummer. Und für Kummer bin gewissermaßen ich zuständig, denn ich bin seit einigen Monaten hier Pastor.«
»Kummer habe ich eigentlich nicht, jedoch viele Fragen, auf die ich alleine keine Antwort finde«, entgegnete Michael.
»Wollen wir gemeinsam suchen? Darf ich mich zu Ihnen setzen?«
Bereitwillig rückte Michael zur Seite, dann begann er zu sprechen. Als er zu Ende gekommen, war erst eine ganze Weile Stille – man hörte nur das gemächliche Ticken der Turmuhr und den Wind, der um die Mauern ging.
»Und nun sind Sie hierher gekommen, weil Sie hoffen, dass Gott Ihnen antwortet, Ihnen einen Weg aufzeigt?« Michael nickte.
»Das wird er aber nicht tun, schon lange nicht mehr.«
»Ich verstehe, Sie meinen wegen dieser dummen Apfelgeschichte?«
Der andere lachte leise: »Wenn Sie so wollen, ja, wegen dieser dummen Apfelgeschichte, wobei wir uns fragen müssen, ob sie wirklich so dumm war, denn ohne sie wären wir große Kinder geblieben, große, unmündige, unbeschwerte Kinder, zwar eingebunden in die göttlichen Gesetze des Kosmos, aber ohne eigenen Willen, ohne eigene Gedanken. Betrachten Sie das Meer, dem Sie so verbunden sind. Kann es entscheiden, ob es Ebbe sein will oder Flut? Wir aber können entscheiden, ob wir sesshaft sein wollen oder wandernd, ob wir dem Wasser gehören wollen oder der Erde. Und solche Entscheidungen müssen wir immer wieder treffen, in jedem Lebensabschnitt. Darum verschwenden Sie keinen trüben Gedanken daran, dass Sie unstet wären, sondern entscheiden Sie neu, wenn die Zeit reif ist. Und noch eines: Ab und zu gibt er uns Fingerzeige, keine großartigen Dinge, meist sind sie einfach, und wir müssen

wach und aufmerksam sein, um sie überhaupt zu erkennen. Und nun leben Sie wohl, ich muss Sie verlassen – ich danke für Ihr Vertrauen, Sie haben mir mit Ihrer Geschichte ein Geschenk gemacht.«
Sie erhoben sich beide und Michael sagte erstaunt: »Ich habe zu danken.«
Der junge Pastor erwiderte: »Belassen wir es dabei, dass heute ein besonderer Tag ist, an dem wir uns gegenseitig beschenkten.« Er nickte grüßend und verließ die Kirche. Als Michael einige Zeit später über den Kirchplatz ging, sank die Sonne hinter den Feldern, und die Luft war erfüllt vom Gesang der Grillen.

Einige Wochen später erhielt Michael seine Papiere und war nun wohlbestallter Steuermann. Mehrmals hatten ihn seine Lehrer angesprochen.
»Hängen Sie noch ein paar Prüfungen dran, Heyen, und machen Sie den Kapitän, Sie haben das Zeug dazu.«
Aber jedes Mal hatte er geantwortet: »Die Aries hat einen Kapitän, einen besseren kann sie gar nicht bekommen. Mir genügt es, Steuermann zu sein.«
Da hielt ihn eines Tages einer seiner ältesten Lehrer an: »Auf ein Wort, Herr Heyen. Warum weigern Sie sich eigentlich, das Kapitänspatent zu machen, obwohl wir Sie alle für sehr befähigt halten? Haben Sie denn gar keinen Ehrgeiz?«
Freimütig entgegnete Michael: »Nein.« Der sah ihn erstaunt an, dann fragte er: »Oder hat Ihr Vater etwas dagegen? Fürchtete er die Konkurrenz?«
Michael lachte: »Oh nein, mein Vater will es ja. Ich will es nicht, ich kann nur wiederholen, die Aries braucht keine zwei Kapitäne. Aber da ist noch ein Grund. Mein Pate, der Steuermann

Pieter Möller, hat mich gelehrt, ihm habe ich viel zu danken, seinetwegen will ich Steuermann bleiben, denn ich will nicht über ihm stehen.«

Da nickte der Alte und ging nachdenklich davon. Am Abend sagte er zu seinen Kollegen: »Der Michael Heyen ist ein ganz besonderer Mensch, solch einer ist mir seit Jahren nicht begegnet.«

23

Pünktlich und zuverlässig, wie verabredet, stand Jens Heyen am Tor der Schule. Michael kam ihm strahlend entgegen, breitete die Arme aus und umarmte seinen Vater: »Du glaubst gar nicht, wie herrlich es ist, nach Hause zu kommen! Es ist das erste Mal, dass ich so etwas erlebe!«
»Und hoffentlich auch das letzte Mal«, entgegnete Heyen, »denn jetzt lasse ich dich nie wieder weg. Und dann, Glückwunsch! Ich wusste gar nicht, was für einen klugen Sohn ich habe – das beste Zeugnis von allen, da wird sich Pieter freuen.«
Michael fragte erstaunt: »Woher weißt du das?« Heyen lachte.
»Auch ein alter Vater ist mitunter neugierig. Ich saß dabei, hinten in der letzten Reihe. Alles habe ich gehört, all die gelehrten Worte und alle Lobreden auf dich, ich muss doch Pieter alles haargenau berichten. Aber jetzt nehmen wir dein Gepäck, dass wir hier wegkommen, die Aries wartet in Travemünde.«
Jeder belud sich mit einem Packen, zum Schluss griff Heyen nach einem verschnürten Bündel.
»Ist das schwer, Junge, hast du Goldklumpen gesammelt?«
»Nein«, antwortete Michael vergnügt. »Das ist für Pieter, ein altes Sturmglas hab' ich erspart, und für dich ist dies hier.«
Damit reichte er dem Vater ein in Leder gebundenes Buch, und als der es aufschlug, sah er, dass es die Stadtgeschichte von Travemünde war. Abends kamen sie in Travemünde an. Schon von weitem entdeckte Michael den Widderkopf der Aries, am Kai stand Pieter, winkte mit beiden Armen, und an Deck war die gesamte Mannschaft versammelt. Er blieb stehen, umfasste das ganze Bild mit den Augen, um es in sich aufzunehmen, um

es nie mehr zu vergessen, und sagte leise: »Ist das schön, ist das unvergleichlich schön!«
Stolz hängte Pieter das Sturmglas so auf, dass jeder es sehen konnte, und nach dem Festessen saßen sie zu dritt beisammen, Jens Heyen breitete die Abschlussfeier vor Pieter aus, und dieser saß da und fühlte sich wie ein König.

Michael fügte sich in den Tageslauf ein, als wäre er nie weg gewesen. Einzig Smutje hatte das Nachsehen. Da Pieter immer öfter Michael das Steuer überließ, fand dieser keine Zeit mehr zum Gemüse schnippeln. Lediglich bei schweren Stürmen weigerte er sich: »Pieter, jetzt musst du ran, denn zum einen bist du darin besser als ich, und zum andern brauchen wir dein Lied, der Sturm hat vor dir einfach mehr Respekt.«
Da lachte der und packte das Steuer mit festen Händen – er gehörte noch nicht zum alten Eisen, er wurde noch gebraucht.
Ein Jahr ging dahin, noch eines, und als es zum andern Mal Frühling wurde, lief die Aries in Puttgarden ein.
»Ich werde an Land gehen, Vater, ich habe Lust, mal wieder auf festem Boden zu laufen.«
»Tu das, mein Junge, und wenn du einer Tüte Obst begegnest, bringe sie mit, es wäre gut, in einen Apfel zu beißen.«
Langsam schlenderte Michael durch die Straßen, zeitlos, ziellos – nur sich die Sonne ins Gesicht scheinen lassen, dem Geplauder der Menschen zuhören und auf irgendeiner Bank faulenzen, das wollte er, mehr nicht. In solchen Stunden konnte es geschehen, dass er an sich hinuntersah, seine gute Kleidung betrachtete, einen rotbackigen Apfel in der Hand drehte, der nicht runzlig war, sondern frisch und saftig. Über den Platz wehte der Duft nach gebackenem Brot. Dieser Duft zog ihm nicht mehr den Magen zusammen vor Hunger, denn er besaß

Geld genug, sich einen ganzen Laib zu kaufen. Dann saß er da, den Blick in dem blauen Himmel und seinem Gewölk, das Herz voller Dankbarkeit und die Seele voll ungläubigem Staunen.
So saß er auch jetzt, ließ die Menschen an sich vorüberziehen, die Luft war erfüllt vom Geraune ihrer Stimmen – da gab es ihm einen Ruck – eben war da etwas gewesen, das ihm bekannt vorkam – eine Gestalt? Eine Bewegung? Der Gang? Er wusste es nicht, doch ein Bild schob sich vor sein Inneres, die Ahne! Ohne zu überlegen, formte er einen Namen. »Antje.«
Hatte er ihn laut gesagt? Auch das wusste er nicht, doch die Frau blieb stehen, wendete sich um und kam langsam näher. Michael stand auf, schaute ihr ins Gesicht, in die Augen, und wieder änderte sich das Bild in seinem Innern – ein kleines Mädchen hockte vor ihm, heulend, schluchzend: »Aber statt sie jetzt lieb zu mir war, hat sie meiner Griet ein Loch in den Bauch gefressen, das eklige Vieh ...«
Da musste er lächeln, und die Frau lächelte auch. Eine junge Frau war es, und auf ihrem Gesicht lag die Freude wie eine kleine Sonne.
»Michael, Michael aus Moelln!«
Sie streckte ihm beide Hände entgegen, er ergriff sie, nahm sie fest in die Seinen und sagte still und glücklich: »Klein Antje« – obwohl sie ihm bis an die Schulter reichte. So verhielten sie eine Weile, Antje war es, die zuerst redete.
»An deinem Lächeln hab' ich dich erkannt und an deinen schwarzen Augen, die hast nur du, aber sonst – o Michael, wie hast du dich verändert!«
Michael fasste sie am Arm und sagte: »Siehst du da drüben die Tische und Stühle stehen? Dorthin gehen wir, essen und trinken etwas, denn wir haben uns sicher eine Menge zu erzählen.«
Und dort im Schatten der alten Bäume begann Antje zu sprechen.

»Der Morgen, an dem die Ahne mir sagte, du seist fort, mit einem Schiff, dieser Morgen war so schlimm, dass mir heute noch kalt wird, wenn ich an ihn denke. Ich hab' meine Mietzemau genommen und ihr ganzes Fell nassgeweint. Aber das Leben ging weiter, noch hatte ich ja die Ahne. Dann kam mein letztes Schuljahr, da starb sie, an einem trüben Herbsttag voll Sturm und Regen. Zwei Jahre später mussten wir auch die Mutter begraben, damals war ich siebzehn. An einem Tag im Hochsommer rief mich der Vater in die Stube: ›An' Sünndag to Middag kummt Uwe Grote mit sin Vadder, tisch rieklich up un treck di wat ordentlich Tüch an. Wenn du Geld brukst, lat ik mi nich lumpen.‹ – ›Und was wollen sie hier?‹ – ›Dumme Frag, bekieken wöt se di!‹ Ich kam mir vor, wie eine prämierte Kuh, und wusste, dass ich weg musste und zwar schnell, denn die Ahne hatte mit mir gesprochen, ehe sie starb. Alles hat sie mir berichtet, das mit Sternchen und den Pantinen, einfach alles. Und einen Beutel Geld gab sie mir, für den Notfall. Den holte ich, packte eine große Tasche mit allem, was mir lieb war, und als ich den Vater über Land wusste, verließ ich heimlich den Hof und fuhr hierher. Eines Tages erhielt ich einen Brief vom Notar, der Bur sei gestorben und ich solle mich melden, wegen des Erbes. Das tat ich denn auch, aber man riet mir, es auszuschlagen, da der Hof heruntergekommen und total verschuldet sei. Denk dir, Michael, der reiche Harterhof!«

»Und du, Antje, was ist mit dir? Hast du einen Mann, hast du Kinder?«

Antje lachte.

»Wo denkst du hin, Michael, so eine arme Kirchenmaus wie mich will doch keiner.«

»So, meinst du«, entgegnete Michael gelassen, und im Stillen dachte er: ›Wenn du dich da mal nicht irrst, kleine Antje‹, aber er sagte es nicht.

»Und so arbeite ich seitdem für einen alten Herrn und führe ihm den Haushalt. Noch geht alles gut, doch wenn er hinfällig wird, will er zu seiner Tochter ziehen, dann heißt es für mich weiterwandern. Aber nun, Michael, bist du dran! Wie ist es dir ergangen?«

Da berichtete Michael dem staunenden Mädchen, wie aus einem Hütejungen ein Steuermann geworden, und wie Michael aus Moelln zu Michael Heyen wurde. Inzwischen begann die Sonne zu sinken, und die Schatten wuchsen, da sprang Antje auf: »Michael, bei dir kann man Zeit und alles vergessen, ich muss gehen.«

»Halt, Antje, so kommst du mir nicht weg, da.« Damit reichte er ihr einen Zettel mit Stift. »Schreib' deine Adresse auf, und falls du wegmusst, hinterlege bei der freundlichen Wirtin hier deine neue Anschrift, versprichst du mir das?«

Ernst antwortete Antje: »Ich verspreche es, ich will dich doch nicht noch einmal verlieren, denn diesmal habe ich keine Mietzemau, der ich das Fell nassweinen kann, die musste ich nämlich schon vor Jahren im Garten des alten Herrn begraben.«

»Sternchen liegt nahe der Neustädter Bucht in einer blühenden Wiese, genau wie Tyrax, der liegt auf den Orkneys, nahe Kirkwall.«

»Was war mit Tyrax, er verschwand mit dir, und der Vater schimpfte, du habest ihn gestohlen.« Michael schüttelte den Kopf.

»Nein, ich habe noch nie etwas gestohlen. Das mit Tyrax ist eine Geschichte für sich, die erzähle ich dir, wenn wir uns wiedersehen, und nun, Antje, auf bald, und gib gut auf dich Acht!«

Sie winkten sich, bis jeder um die nächste Ecke bog. Michael lief, als hätte er Flügel. Kurz bevor er den Hafen erreichte, entdeckte er einen Obststand – die Äpfel für den Vater! Beinahe hätte er sie vergessen.

»Junge, Junge, haste die Äppel geklaut, weil de so rennst?«, fragte Pieter, als Michael mit Riesenschritten an Deck stürmte.
»Nein, ich hab' noch nie etwas gestohlen«, entgegnete dieser.
»Übrigens, das habe ich heute schon einmal gesagt, als ich nach Tyrax gefragt wurde.« Heyen stutzte.
»Wer kann dich hier in Puttgarden nach Tyrax fragen?« Michael strahlte: »Das rätst du nicht Vater, bestimmt nicht«, und nach einer kleinen Pause: »Ich habe Antje Harter getroffen!«
»Na, denn Prost«, griente Pieter. »Nachtigall, ich hör' dir trapsen!«
»Pieter, kannst du nicht einmal ernsthaft sein?«
»Ich bin ernsthaft, Jens, sehr ernsthaft sogar. Trotzdem kann ich noch eins und eins zusammen zählen. Een Michael Heyen und ne Antje Harter ergibt nu mal zwei, da beißt die Maus kein' Faden runter, und das Ende vom Lied? Die stolze Aries dümpelt in 'nem schmuddligen Hafenbecken vor sich hin, und wir zwee kloppen Karten in 'nem Seemannsheim«, brummte er trübsinnig. Michael lachte schallend.
»Nur weil ich die Antje Harter traf, malst du solche Zukunftsbilder? Kennst du mich so schlecht? Meinst du wirklich, ich könnte die Aries langsam verfaulen lassen und euch beide irgendwo abstellen, wie ein Paar verbrauchte Schuhe? Schäm dich was, Pieter.«
»Ich schäme mich ja schon, ganz grässlich schäme ich mich«, brummte er zerknirscht. »Aber du musst zugeben, Jens, die Sache riecht sehr brenzlig.«
Dieser saß da, nachdenklich, den Blick über den Wassern, und antwortete nicht. Später, als der volle Mond seine Fischlein springen ließ, trat er zu Michael, der an der Reling lehnte: »Morgen laufen wir aus, und Puttgarden ist kein Hafen, den wir regelmäßig ansteuern, ich denke, du weißt was das bedeutet – es kann bis zwei Jahre dauern, ehe wir wiederkommen,

und zwei Jahre haben schon einmal ein Schicksal besiegelt. – Versprich mir eines, es darf keine zweite Meike geben.«
»Es wird keine zweite Meike geben. Vergiss nicht, wie sehr ich gelitten habe, nie würde ich das einem Kinde zumuten, nie. Man kann auch aus den Fehlern anderer lernen, man muss nicht alle Fehler selber machen.« Er richtete sich auf, klopfte auf die Tasche seiner Joppe und sagte: »Hier habe ich einen Zettel mit ihrer Adresse, und sollte sie wegmüssen, wird sie ihre neue Anschrift bei der Wirtin vom Goldenen Anker hinterlegen. So ist es abgesprochen. Aber«, fügte er hinzu, »lass' mir Zeit, Vater, ich muss über vieles nachdenken, und wenn ich damit durch bin, beraten wir uns, einverstanden?«
»Einverstanden, Michael, und nun träum' was Schönes!« Er zwinkerte ihm zu und verschwand nach unten.

Die Aries nahm Kurs nach Osten, dann schlug sie einen Bogen und fuhr nordwärts, Puttgarden ließ sie weit hinter sich. Michael schrieb, so oft ihm Zeit blieb, nur kurze Berichte, doch Antje sollte merken, dass er an sie dachte. Immer häufiger liefen seine Gedanken die sandigen Wege zum Harterhof, denn er hörte Antjes klagende Stimme: »Denk' dir Michael, der reiche Harterhof.« War er an dieser Stelle angekommen, konnte es geschehen, dass ihn der alte Zorn übermannte, und er mit der Faust auf das Steuerrad einhieb. Dabei wusste er nicht, über was er mehr ergrimmt war, über den Bur oder über die eigene Unschlüssigkeit. Hatte er noch vor Jahren gegrübelt, wer er war, so grübelte er jetzt: »Wohin gehöre ich? Bin ich Bauer? Bin ich Seemann?« Als der Sommer sich neigte und die ersten Herbstnebel stiegen, bat er seinen Vater: »Lass' uns in den Süden segeln, in die Nähe der Neustädter Bucht.« Heyen sah ihn lange an, dann frug er: »Nicht nach Puttgarden?«

»Nein, Vater, es ist noch zu früh. Eine Antje Harter pflückt man nicht wie einen Apfel vom Baum.«
»Warum, bist du ihr nicht genug? Will sie mehr?«
Michael lachte: »Sie nicht, sicher nicht, aber ich, ich will mehr. Erst muss ich wissen, wohin mein Weg führt, bevor ich ihn mit einem anderen Menschen gehe.«
»Und wann weißt du das?«
Michael zögerte, dann antwortete er kurz: »Ich hoffe bald.«
Sein Vater entgegnete, genauso kurz: »Warum hast du kein Vertrauen zu mir?«
»Ich habe Vertrauen, doch es ist viel zu bedenken – da sind Antje und ich – da sind die Aries, Pieter und du. Lasse mir noch etwas Zeit, bitte – und nimm Südkurs.« Heyen nickte und ging wortlos.

Stunde um Stunde saßen die beiden Alten und kämpften und rangen, erst gegeneinander und irgendwann gemeinsam um eine Lösung, um einen Entschluss, und als das erste Frühlicht aufschien, reichten sie sich die Hände.
»So, das hätten wir!« Und Pieter setzte hinzu: »Der Jung' ist doch gewissermaßen unser beider Jung', dazu noch der Jung' einer wunderbaren, starken Frau, darum, ganz gleich wie er entscheidet, es wird gut sein.«
Auch Michael hatte gekämpft und gerungen, und als der Himmel sich im Osten rötete, trat er ans Steuer und richtete die Nase der Aries nach Süden, denn eines wusste er jetzt, er musste den Harterhof gesehen haben, ehe er einen klaren, ehrlichen Entschluss fassen konnte.
Die Sonne schien bereits über die Wasser, da trat Jens Heyen neben ihn und sagte ruhig: »Ich sehe an deinem Gesicht, du bist zu einem Ende gekommen.«

Michael wiegte den Kopf hin und her und erwiderte: »Noch nicht ganz, aber ich bin unterwegs.«
»Ehe du gehst, will ich dir unseren Entschluss mitteilen.«
Michael schaute seinen Vater erstaunt an: »Ihr habt auch?«
»Ja, auch wir haben etwas beschlossen – du bekommst die Aries überschrieben, dann bist du völlig frei und kannst selbstständig entscheiden. Wir wissen, du wirst sorgsam umgehen mit allem, was dir gehört. Es ist sinnlos zu widersprechen, mein Junge, denn noch gehört das Schiff mir und ich kann mit ihm machen, was ich will.«
Michael schnaufte tief: »Ihr seid mir vielleicht zwei – aber ich danke dir, Vater, danke, das wird mir vieles erleichtern. Nur eine Bitte habe ich, dass ich euch beide in meinen Entschluss einbeziehen darf, ganz gleich, wie er ausfällt.«

24

Nachdem die Aries in der Neustädter Bucht vor Anker gegangen, machte Michael sich auf den Weg zum Harterhof. Je näher er dem Dorfe kam, umso langsamer wurde sein Schritt. Was würde er vorfinden, wem begegnen? Wird man ihn erkennen, ihn den Nixnutz, den Niemand? Er jedenfalls würde keinem sagen: »Ich bin Michael, der Hütejunge vom Harterhof«, das hatte er sich vorgenommen. Nur dem Pfarrer wollte er sich zu erkennen geben, falls er noch lebte. Für die andern blieb er der Steuermann Michael Heyen. So durchschritt er das Dorf, ohne nach links oder rechts zu schauen, verfolgt von neugierigen Blicken und dem Gemunkel: »Da geht einer zum Harterhof, was der wohl will?« Und dann stand er vor dem Hoftor, das er einmal verlassen, wie lange war das her – die Angeln, verrostet, quietschten beim Öffnen – er trat ein. Das Gras spross zwischen den Steinen, irgendwo schlug ein loser Fensterladen im Wind, dem Ton ging er nach, er kannte das Fenster, es führte in die Küche.

Er lehnte die Stirne an die blinde Scheibe, drinnen war alles leer, nur den großen, alten Herd hatten die Gläubiger dagelassen, er war ihnen wohl zu schwer gewesen. Michael seufzte – so wie hier mochte es im ganzen Gehöft aussehen. Kein Vieh rumorte, kein Huhn gackerte, kein Schaf blökte, tiefe Stille, aber keine gute Stille, eine Stille des Verfalls umgab ihn und legte sich düster auf sein Gemüt. Er ertappte sich bei dem Wunsche, den Bur schimpfen zu hören, damit wenigstens etwas Leben in diese Ödnis käme. Wie hatte er damals zu Pieter gesagt: »Man kann alles, wenn es sein muss, und der Bur ist immer noch besser als Alleinsein.« Und der Fensterladen schlug und schlug – da wandte sich Michael und lief hinaus in die Dünen. Alle Plätze suchte er auf, wo er die Schafe getrieben, wo er Sternchen gerettet, wo er mit der Ahne gesessen, und als es dunkelte, schob er seine Jacke unter den Kopf und legte sich ins kurze Gras, denn es wehte ein linder Wind trotz des späten Sommers.

In dieser Nacht, die Michael nach Jahren in der Nähe des Harterhofes verbrachte, wie damals die Erde unter sich, den Blick in den Sternen, in dieser Nacht schwieg das Meer, in dieser Nacht schwiegen seine Wachträume, seine Sehnsucht, in dieser Nacht war er frei, losgelöst von sich selbst.
»Warum schweigst du?«, fragte er das Meer – doch dieses lag da, tonlos, wellenlos, eine schwarze, unendliche Fläche ohne Antwort. Wie hatte jener junge Pastor gesagt: »Ab und zu gibt er uns Fingerzeige, keine großartigen Dinge, meist sind sie einfach, und wir müssen wach und aufmerksam sein, um sie überhaupt zu erkennen.«
War dies der Fingerzeig, der ihm den Weg wies, ein Fingerzeig, den nur der bemerkte, der eine offene Seele hatte? Diese gewaltigen Wasser mussten Gott gehorchen, mussten zum Wegweiser werden für ihn, den Menschen – war das so? Oder war auch er eingebunden, untertan diesem allmächtigen Willen? Er wusste es nicht. Da faltete er die Hände und betete kindlich: »Mutter, Ahne, helft mir«, und danach schlief er ein. Er schlief tief und schwer. Irgendwann stand der Bur vor ihm, mit Angst in den Augen, und streckte ihm seine leeren Hände hin, dann wieder die Bäuerin Trine mit tränennassem Gesicht, oder die Ahne, und ihr Blick war klar und bezwingend, zuletzt hörte er von Weitem Tyrax bellen. – Ein warmer Hauch weckte ihn, und

als er die Augen aufschlug, erblickte er über sich einen struppigen Kopf mit aufgestellten Ohren.

»Tyrax?«, frug er schlaftrunken, und die Antwort war »Wuff«, ein freudiges »Wuff!«

Michael richtete sich auf, fasste dem Hund in sein verfilztes Fell und sagte: »Wenn du niemandem gehörst, gehörst du ab heute mir, aber du wirst nicht Tyrax heißen, denn es gab nur einen einzigen Tyrax. Für dich werde ich einen anderen Namen suchen.« Während er den Hund weiter kraulte, sprach er mit dem Tier, wie er einst mit Tyrax gesprochen: »Weißt du, dass ich ein großes Glück hatte heute Nacht? So viele Fingerzeige, und du, du warst der beste, denn du bist lebendig.«

Er erhob sich und sah voller Staunen, dass er am selben Ort geschlafen wie damals, als ihm im Traum das Widderschiff erschienen, am selben Ort, an dem Pieter ihn gefunden. Nachdenklich wanderte er zurück ins Dorf, gefolgt von seinem vierbeinigen Begleiter, und schlug den Weg zum Pfarrhaus ein. Auf sein Klingeln öffnete eine junge Frau und sah ihn fragend an.

»Verzeihen Sie, dass ich störe, aber ich suche den alten Pfarrherren, wenn er noch lebt.«

»Oh ja, er wohnt jetzt in dem kleinen Haus hinter der Kirche. Sie müssen nur kräftig klingeln, er hört nicht mehr sehr gut.«

Er brauchte gar nicht zu läuten, er fand den alten Herrn auf der Bank vor dem Haus in der Morgensonne sitzend.

»Guten Tag, Herr Pastor«, grüßte er. Der stand auf und blinzelte ins Licht.

»Grüß Gott, junger Freund, sollte ich Sie kennen?«

»Eigentlich schon«, antwortete Michael fröhlich.

»Dann lassen Sie sich mal bei Lichte besehen, vielleicht hilft das meinem Gedächtnis weiter.« Lange betrachtete er das Gesicht vor sich, dann kam es zögernd: »Ja, da war mal einer, vor Jah-

ren, der hatte dieselben schwarzen Augen – Augen, die man nie mehr vergisst.«
»Und dem Sie an einem kalten Wintertag zu einer warmen Joppe verhalfen.«
Da strahlte der Pastor und rief: »Der kleine Michael vom Harterhof, der Hütejunge ohne Namen, das ist eine Freude, komm' herein, Junge – ich darf doch ›du‹ sagen?«
»Ich bitte darum, denn ich wäre gekränkt, wenn Sie's nicht täten.«
Und drinnen in der Stube, bei einem ordentlichen Frühstück, erfuhr der Pastor alles, was sich seit Michaels Weggang zugetragen. Als Michael geendet, schwieg der alte Herr lange, dann sagte er still und feierlich: »Ja, ja, Michael Heyen, er stimmt schon, der Liedvers:

>»Weg hast du allerwegen,
>an Mitteln fehlt dir's nicht,
>dein Tun ist lauter Segen,
>dein Gang ist lauter Licht.«

»Befiehl du deine Wege«, von Paul Gerhardt.«
»So was weißt du also auch.«
»Ja. Die Ahne hat es mich gelehrt – die Ahne hat mich viel gelehrt, sie war eine fromme, wunderbare Frau, ich hätte sie gerne noch einmal gesehen.«
»Weißt du was, Michael? Wir beide gehen sie auf dem Kirchhof besuchen. Aber nun eine Frage. Warum bist du zurückgekommen? Sicher nicht, um den Harterhof zu betrachten, an den du solch schlechte Erinnerungen hast, oder mit deinem alten Pastor zu klönen. Was also trieb dich ins Dorf?«
Michael sah den Alten offen an und antwortete: »Ich will den Harterhof kaufen.«

»Den Harterhof, dieses marode Gemäuer? Warum denn das? Willst du Bauer werden?«

»Ja, das will ich!«

»Dann brauchst du eine gute, tüchtige Frau, die etwas vom Hofleben versteht.«

Michael lachte: »Die habe ich, Herr Pastor, der Harterhof ist schließlich ihre Heimat.«

Da blieb dem Pastor der Mund offen, und nach einer Weile: »Du bist ein ganz Heimlicher, die kleine Antje Harter – nun lohnt es sich doch wieder zu leben, denn um euch beide zusammenzugeben, dafür steige ich alter Kerl gern noch mal auf die Kanzel.«

»Aber vorher brauche ich Ihre Hilfe, Herr Pastor. Wer führt die Geschäfte des Dorfes?«

»Du weißt doch, wie es hier ist, Junge. Wer das Geld hat, hat das Sagen, und der reichste Bur am Ort ist nun mal der Jörn Grote. Doch der ist schon recht einfältig, daher vertritt ihn immer öfter sein Sohn, der Uwe. Und der würde dem andern noch das letzte Hemd vom Leib ziehen, wenn er könnte, also sieh dich vor.«

Eine tiefe Falte grub sich in Michaels Stirn: »Ich kenne den Uwe, er ist ein schlechter Mensch, trotzdem gehen wir's an! Aber zuerst hol' ich mir Mut am Grab der Ahne.«

Gegen elf Uhr betrat Michael die Ratsstube. Hinter dem Schreibtisch erhob sich ein junger Mann. Michael erkannte ihn sofort, es war Uwe Grote.

»Ich bin Uwe Grote und vertrete meinen Vater, den Bürgermeister Jörn Grote.«

Michael nickte: »Michael Heyen, Steuermann.«

»Mit was kann ich dienen, Herr Heyen?«

»Um es kurz zu machen, ich will den Harterhof kaufen!«

»Den Harterhof? Mehr nicht?« Er lächelte schief. »Das wird nicht billig.«
Michael tat erstaunt: »Das würde mich wundern.«
»Wieso würde Sie das wundern? Der Harterhof ist ein großes, gutes Anwesen, mit Wohnhaus, Stallungen und Ländereien.«
»Sie meinen, er *war* ein großes, gutes Anwesen. Doch jetzt? Das Haus ist unbewohnbar und ohne Mobiliar, die Stallungen nicht zu benutzen, kein Stück Vieh vorhanden, weder Großvieh noch Kleinvieh, keinerlei Gerätschaften, nicht einmal Spaten und Harke, alles haben die Gläubiger mitgenommen, und Sie mussten froh sein, dass das Dorf nicht auf einem Teil der Schulden sitzen blieb, ist es nicht so?«
Grote nickte widerwillig: »Trotzdem, ich kann Ihnen den Hof schließlich nich schenken, Herr Heyen.« Michael lachte.
»Die Rede kenne ich: ›Schenken, was nich gar, schenken gilt nich – Katze oder Pantinen!‹ War das nicht so?«
Grote wurde um einen Schein blasser, irgendwo in seiner Erinnerung tauchte ein schmaler Junge auf, in ausgewachsenen Hosen und einem löchrigen Hemd.
»Wer sind Sie, Herr …?«
»Ich sagte es doch schon, Steuermann Michael Heyen, und auch ich kann rechnen, Herr Grote, und ich zahle für diesen heruntergekommenen Hof keinen Penny mehr, als er wert ist.«
»Wenn der Hof so ein verfallenes Gemäuer ist, warum wollen Sie ihn dann kaufen, warum suchen Sie sich nichts Lohnenderes?«
Michael antwortete ernst: »Das will ich Ihnen sagen: Weil der Harterhof das Elternhaus meiner zukünftigen Frau ist.«
Grote stand wie vom Donner gerührt, dann stotterte er: »Sie, Sie werden die Antje Harter heiraten?«
»Ja, ich. Ich halbes Stück Mensch, wie Sie mich einmal nannten. Ich werde Antje Harter heiraten, und ich werde mit ihr zu-

sammen den Harterhof wieder aufbauen, so wahr ich Michael Heyen bin.«

Eine ganze Weile war Stille, dann frug Grote nochmals: »Herr Heyen, wer sind Sie, ich meine, wer sind Sie wirklich?«

»Ich bin, der ich immer war, Michael Heyen, der Sohn des Kapitän Jens Heyen, nur wusste ich das damals noch nicht.«

»Dat is ja en Ding!«

»Ja, dat is en Ding, aber es ist die Wahrheit, und nun machen Sie einen Preis, einen ehrlichen Preis, Uwe Grote, und dann lassen Sie uns Frieden schließen, denn es wird sich nicht vermeiden lassen, dass wir uns immer wieder begegnen.«

Uwe Grote war nicht gewohnt, sich dem Willen eines anderen zu beugen oder gar in einer Auseinandersetzung zu verlieren, und beides war heute geschehen, das kam ihn schwer an. Aber was sollte er tun? Dieser Mann wusste Dinge von ihm, die nicht sehr rühmlich waren, auch wenn sie lange zurücklagen. Und dann, seine geplante Heirat mit Antje Harter, auch da hatte er das Nachsehen gehabt – und Heyen wusste sicher auch das. Ihm wurde heiß unterm Hemd, und das Blut schoss ihm in die Ohren – so reichte er seine Hand und brummte: »Nu, an mir soll's nich liegen«, und dann nannte er einen Preis, der auch für Michael annehmbar war.

»Hier ist eine Anzahlung.« Er legte ein Bündel Geldscheine auf den Tisch. »Der Rest kommt nach Abwicklung meiner Geschäfte. Und nun wollen wir's festschreiben.«

Nachdem Michael gegangen, so ruhig und gelassen, als kaufe er alle Tage einen Bauernhof, musste sich Uwe Grote erst einmal hinsetzen und seine Gedanken ordnen – das war vielleicht ein Tag, von dieser Sorte wollte er nicht so schnell wieder einen durchleben.

25

Michael verließ das Dorf in Richtung Hafenstadt, und dort ging er wiederum zum Rathaus.
»Was wünschen Sie?«
»Ich wünsche den Bürgermeister zu sprechen, mein Name ist Michael Heyen.«
Kurz darauf wurde er vorgelassen. Der Herr hinterm Schreibtisch musterte ihn erstaunt: »Herr Heyen?« Michael nickte.
»Sind Sie verwandt mit Kapitän Jens Heyen?«
»Ja, Herr Bürgermeister, ich bin sein Sohn.«
»Ich kenne Ihren Vater seit vielen Jahren, hab' manchen Handel mit ihm abgeschlossen. Und, was kann ich für Sie tun?«
»Auch mit mir können Sie einen Handel abschließen – wenn Sie meinen Vater kennen, dann kennen Sie sicher auch die Aries?«
»Oh ja, ein besonderes Schiff, es gibt kein zweites dieser Art auf der Ostsee, soviel ich weiß.«
»Ich möchte Ihnen die Aries verkaufen!«
Der Bürgermeister lachte: »Aber Herr Heyen, was soll ich alter Kerl mit einem Schiff? Außerdem werde ich schon seekrank, wenn ich ein Segel nur anschaue.«
»Hören Sie erst meinen Vorschlag. Legen Sie die Aries hier im Hafen fest und machen Sie eine Seemannskneipe daraus. Was glauben Sie, welchen Zulauf so was hat. Es ist ja alles vorhanden, eine gut eingerichtete Kombüse und viel Platz für Tische, Stühle und Bänke, selbst das Deck könnte man mit einbeziehen, wenn gutes Wetter ist.«
Lange war Schweigen. Michael sah, wie es hinter der Stirn des anderen arbeitete. Dann kam es langsam und bedächtig:

»Kein schlechter Vorschlag.« Er kicherte vergnügt vor sich hin. »Wirklich, kein schlechter Vorschlag, wenn ich's bedenke, sogar ein sehr guter Vorschlag. Soviel ich weiß, hat das noch kein Hafen in der ganzen Umgebung. Wird der Preis sehr hoch sein?«

Michael nannte eine Summe, sie lag etwas höher, als die, welche er Uwe Grote noch schuldete, denn er brauchte ja auch noch Gelder zur Renovierung und für einen kleinen Viehbestand.

»Der Preis ist angemessen und nicht überhöht«, meinte der Bürgermeister befriedigt. »Sie sind ein anständiger Mensch. Reicht Ihnen eine Zusage gegen Abend?«

»Aber sicher, nur die Summe, wenn es geht, in bar. Ich denke, Sie kennen die Bauern, die misstrauen einem Scheck.«

Der Bürgermeister lachte: »Und ob ich die kenne, also bis gegen Abend.«

Sehr spät kam Michael beim Altpastor an, und dort gab es trotz der vorgerückten Stunde ein kräftiges Abendessen und zur Feier des Tages eine gute Flasche Wein. Als er vor dem Schlafengehen noch einmal vor die Türe trat, streckte sich ein dunkles Etwas zu seinen Füßen, wedelte lustig mit dem Schwanz und sagte freudig »Wuff«.

»Na, Kerlchen, da bist du ja noch – wenn du so wachsam wirst, wie du anhänglich bist, werden wir eine gute Zeit zusammen haben. Aber morgen früh, mein Lieber, fängt der Ernst des Lebens an, morgen früh wird gebadet und die Flöhe aus dem Pelz gekämmt.«

Noch bevor er zur Ratsstube ging, schleppte Michael einen Bottich in den Garten, steckte seinen neuen Freund hinein und seifte ihn ein, dass der Schaum flog. Später saßen beide auf der Treppe in der Sonne, der eine zufrieden mit seinem Werk, der andere

mit hängenden Ohren und einem tiefen Vorwurf in seinen Augen, als wollte er sagen: »Musste das sein?« Michael lachte. »Ich sehe schon, wir verstehen uns, denn wir können miteinander reden, und wenn du trocken, gestriegelt und landfein bist, darfst du zur Belohnung ins Haus und bekommst einen Napf voll guter Dinge. Außerdem habe ich einen Namen für dich. Ich werde dich ›Strolch‹ rufen, einverstanden?«
Erst kam noch mal ein beleidigter Blick und dann ein frohes »Wuff«.

Uwe Grote war nicht in bester Laune, denn sein Vater hatte ihn ganz schön abgekanzelt: »Büst du nich ganz klook? De Harterhoff för son Schandgeld to verschenken? Gut dat Dubbelte harrst du verlangen kunnt«, donnerte er. Als er allerdings die ganze Geschichte erfuhr, wurde er nachdenklich: »Wenn dat de Hödejung is, laten wi dat dorbi. De weet to veel un he is'n gode Fründ vun de ole Paster. Dor blieven wi leever afsiets.«
So hatte Uwe Grote nur einen Wunsch, dass Michael das Geld nicht zusammenbringen konnte, dann wurde aus dem Handel nichts, und er würde den Hof einem Dummen für das Doppelte andrehen. Aber auch das ging ihm daneben, denn Michael schob seelenruhig Geldschein um Geldschein über den Tisch bis die Summe erfüllt war. Da knurrte Grote: »Na, dat weer dat woll.«
»Noch nicht ganz«, entgegnete Michael.
»Wat denn jetzt noch?«
»Da ist der Hund, so ein mausgrauer mit struppigem Fell, gehört er jemandem?«
» Der verdreckte Köter? Ne, der gehört niemandem, streunt hier herum und scheucht uns das Federvieh. Wenn der verschwindet, umso besser! Sonst noch was?«

»Nein, Herr Grote, nur das Papier hätte ich gerne, das mich als Besitzer des Hofes ausweist.«

Sorgfältig schob er den Kaufbrief in seine Brusttasche, reichte Uwe Grote die Hand und ging davon, gefolgt von Strolch. Grote schaute ihm nach und murmelte: »Ik glöw wohrhaftig, de hett dat Veeh badet und striegelt; een verrückte Kirl.«

Am folgenden Tag stand Michael vor dem alten Pfarrer und sagte zum Abschied:

»Auf Wiedersehen, Herr Pastor, Dank für alles, und bereiten Sie eine schöne Hochzeitspredigt vor, denn Sie sollen uns trauen, darum bitte ich.«

»Und wann soll das sein?«

»Wenn es nach mir geht, im Advent, denn ich möchte Weihnachten hier sein.«

»Und wo werdet ihr wohnen?«

»Im Häuschen der Ahne. Es wird zwar ein bisschen eng, vor allem, wenn Vater und Pieter mitkommen, aber Seeleute sind gewohnt, wenig Platz zu haben.« Nach kurzem Nachdenken setzte er hinzu: »Nie hätte ich geglaubt, mich jemals auf den Harterhof zu freuen, und jetzt, jetzt kann ich es kaum erwarten, wieder hier zu leben.«

26

Sie saßen alle drei um den Tisch, die beiden Alten mit gespannten Gesichtern, Michael froh und doch auch ein wenig unruhig. Wie würden sie seinen Entschluss wohl aufnehmen?
»So, Junge, lass' es raus, ehe wir vor Neugier platzen«, ermunterte ihn der Vater.
»Also, ich habe den Harterhof gekauft, zu einem guten Preis.« Er nannte die Summe. »Die Anzahlung bestritt ich von meinem Ersparten, den Rest vom Erlös der Aries, denn ich habe die Aries verkauft.«
Jens Heyen atmete tief durch und Pieter saß da und starrte vor sich hin.
»Du hast also die Aries verkauft – und wo wird sie in Zukunft sein?« Heyens Stimme klang belegt.
»Die Aries? Sie wird fest vertäut im Hafen von N. liegen und auch dort bleiben.«
»Was soll das heißen? Wird sie da langsam vor sich hingammeln, nutzlos und sinnlos?«, murrte Pieter. Michael lachte ihn an.
»Wo denkst du hin? So was würde ich unserer Aries doch nie antun. Nein, wir können jederzeit hinmarschieren oder wir spannen an, wenn wieder Pferde auf dem Hof sind, und dann trinken wir gemütlich einen Grog oder essen eine kräftige Graupensuppe mit Speck« – er blinzelte Pieter zu – »oder sonst was Gutes.«
Pieters Augen wurden kugelrund: »Soll das heißen, die Aries wird ne Seemannskneipe?«

Michael nickte. Da lachten die beiden aus vollem Halse, Heyen schlug seinem Sohn auf die Schulter und rief erleichtert: »Michael, du bist ein Teufelskerl, so was muss einem erstmal einfallen!«
Pieter schnaufte: »Ich hab' in meinem Leben schon manchen verrückten Einfall gehabt, aber du übertriffst mich noch. – Ne fette Graupensuppe aus unsrer Kombüs', da freu ich mich jetzt schon drauf.« Doch dann wurde er ernst: »Aber wir beide, Junge, was wird aus uns?«
»Das, Pieter, müsst ihr selber entscheiden. Was mich angeht, wäre es das Schönste, wenn wir beisammen blieben. Es wird zwar am Anfang etwas enge, aber wenn der Hof erst wieder flott ist, haben wir jede Menge Platz, und Arbeit gibt's genug.«
Als Michael diesen Abend in seine Koje stieg, lag da wieder ein Hund und wärmte ihm die Füße. Glücklich murmelte er: »Oh Strolch, sind wir nicht Glückspilze? Jetzt müssen wir aber auch Mutter und der Ahne unseren Dank schicken.«
Da hob Strolch den Kopf und sagte laut und vernehmlich »Wuff«.

»Wird es sehr ungelegen sein, wenn wir als nächstes Puttgarden anlaufen?«, fragte Michael am nächsten Morgen.
»Ist schon geplant, mein Sohn«, entgegnete Heyen vergnügt.
»Und dann, wie viel Zeit bleibt mir, um alles abzuwickeln? Wir haben noch einige Ladungen an Bord.«
»Reichen zweieinhalb Monate? Ich möchte gerne Anfang Dezember auf dem Harterhof sein, denn im Advent wird geheiratet, Vater. Und wie steht's mit euch beiden? Habt ihr euch schon entschieden?«
»Wir bleiben zusammen, Michael. Zum einen werden wir nicht jünger, Pieter und ich, und zum andern denke ich, dass es dei-

ner Mutter so am liebsten wäre. Und was das Arbeiten anbetrifft, Pieter versteht etwas von Landwirtschaft und Viehzeug, ist schließlich auf einem Hallighof aufgewachsen. Ich bin nicht ungeschickt im Handwerk, du verstehst was von Schafen, und deine Antje ist Bauerntochter – da müssten wir vier den Harterhof doch wieder hochbringen, meinst du nicht? Und was die zweieinhalb Monate angeht, die sind ausreichend, dann haben die neuen Besitzer den Winter über Zeit, die Aries in eine gemütliche Seemannskneipe zu verwandeln, und wir können uns ans Landleben gewöhnen.«
»Und die Mannschaft?«
»Die muss auch selbst entscheiden. Zwei haben schon angefragt, ob du sie nicht brauchen kannst, sie verlangen erst Lohn, wenn du Verdienst hast.«
»Das ist doch was, denn am Anfang werden wir keinerlei Einnahmen haben, aber vier Hände mehr, das wäre gut. Noch dazu Leute, die wir kennen und die zuverlässig sind.«
Am Abend lief ihm Smutje über den Weg, schaute ihn schief an und meinte grämlich: »Det war keen besonders guter Einfall, wirklich nich, wat soll denn nu aus mir werden? Een neues Schiff? Ne annere Kombüs? Da dafür bin ich zu alt. Glaubste, die brauchen vielleicht een Smutje, so'n richtigen, echten wie mich, nich een nachgemachten?«
»Wenn du das willst, dann schreibe ich denen einfach und biete dich an wie warme Brötchen.«
»Det brauchste nich«, brummte Smutje beleidigt, »die müssen froh sein, wenn se mir kriegen – aber in meiner alten Kombüse so nen deftigen Seemannsfraß kochen, weiter in meiner Koje schlafen ohne Angst vor Sturm und Wetter, bis ans Ende, det wär een Glück!« Sein ganzes rundes Gesicht strahlte.
»Na, dann will ich mal!«
»Wat willste?«

»Schreiben, was sonst? Nicht dass uns einer zuvorkommt«, antwortete Michael und ging. Smutje blickte ihm nach und schüttelte den Kopf.
»Der legt volle Fahrt vor – die Aries verkaufen, een Bauernhof erstehen, ne dolle Frau angeln und gleich heiraten und nu auch noch schreiben, det geht mir zu schnelle, det's mir direktemang unheimlich.«

Zwei Tage später liefen sie in Puttgarden ein.
»Wo wirst du sie finden, deine Antje?«, fragte ihn der Vater.
»Im Goldenen Anker, da hilft sie der Wirtin, seitdem der alte Herr zu seiner Tochter zog. Und heute Abend, Vater, heute Abend bringe ich sie dir.«
Sorgfältig steckte er den Kaufbrief ein und ging. Als er im Goldenen Anker durch die Tür trat, rief die Wirtin: »O Antje, jetzt ist meine schöne Zeit zu Ende, jetzt kommt dich einer holen.«
Und dann standen sie voreinander, und Antje sagte nur: »Du bist also tatsächlich gekommen!«
»Aber Antje, hast du denn daran gezweifelt?«
»Eigentlich nicht, Michael, aber manchmal doch ein bisschen, es ist einfach so ein Glück, dass man es gar nicht glauben kann. Aber nun erzähle, du hast sicher mehr zu berichten als ich.«
»Das kann wohl wahr sein«, bestätigte Michael. »Also, im Advent werden wir heiraten, wenn es dir recht ist.«
Antje strahlte ihn an: »Ach Michael, so eine Frage, nur, ich habe nichts als ein wenig Erspartes und ein wenig Hausrat, den mir der alte Herr überließ bei seinem Wegzug. Ich sagte es schon einmal, ich bin arm wie eine Kirchenmaus – und dann, werden wir auf der Aries wohnen?«
Sie schaute zu ihm auf, mit jenem Blick, den er aus ihren Kindertagen kannte. ›Kleine Antje‹, dachte er, ›so schautest du

auch, wenn du Kummer oder Angst hattest, oder wenn dir mal wieder was entzwei gegangen war.‹
»Du hast Angst vor dem Meer, stimmt's?«
Antje nickte beklommen. Michael nahm ihre Hände in die seinen und sein Gesicht war ein einziges Leuchten, als er weitersprach: »Das musst du nicht, ich bin doch bei dir – außerdem, wer sagt denn, dass wir auf der Aries wohnen werden?« Und nach einer kurzen Pause: »Die Aries habe ich verkauft.«
»Du hast was?«
»Die Aries verkauft!«
»Dann musst du ja jetzt eine riesige Menge Geld haben.«
Das Leuchten auf Michaels Gesicht vertiefte sich: »Ich *hatte* Antje, ich hatte eine Menge Geld, aber es ist schon wieder weg, das meiste jedenfalls.«
Antje starrte ihn fassungslos an: »Das viele Geld weg, Michael? Wo hast du es denn hingebracht?«
»Ich habe den Harterhof gekauft.«
»Du hast *wen* gekauft?«
»Antje, Antje«, lachte Michael, »kann es sein, dass dir die Wiedersehensfreude auf die Ohren schlug? Ich habe den Harterhof gekauft, er ist unser, samt dem Häuschen der Ahne – und da werden wir hausen, bis der Hof bewohnbar ist.«
Jetzt war erst einmal Stille, und dann sagte Antje leise: »Endlich begreife ich vieles. Weißt du, als die Ahne zu sterben kam, wachte ich bei ihr. Sie lag ganz ruhig und schien zu schlafen. Und dann schlug sie plötzlich die Augen auf, sah mich sitzen und sagte: ›Mein klein Antje.‹ Das klang so gütig, dass ich weinen musste. ›Ahne, was soll denn werden, wenn du gehst und mich alleine hier lässt?‹ Da flüsterte sie geheimnisvoll, und ihr Gesicht leuchtete wie deines vorhin, nur schon sehr weit weg: ›Lass' mich ziehen Antje, ich gehe jetzt den Michael suchen.‹ Das waren ihre letzten Worte, aber das Leuchten blieb über ihr,

bis man sie wegtrug. – Michael, auf einmal wird alles klar in mir und um mich – die Ahne hat dich zu mir geschickt, so wie dich deine Mutter zu deinem Vater führte. Müssen wir bei solchen Helfern noch Angst haben?«
»Nein, Antje, das müssen wir nicht, das dürfen wir gar nicht, das wäre ja beinahe, als misstrauten wir. – Und nun bitten wir die Wirtin, ob sie dich noch bis Dezember hier behält, denn du weißt, die Dorfleute sind streng, du kannst nicht ledig mit uns Männern zusammenwohnen, das gäbe Gerede. Und nachher bringe ich dich auf die Aries zu Vater und Pieter, die warten schon.«

27

Es wurde ein froher Abend, und als Jens Heyen seiner zukünftigen Schwiegertochter zutrank, meinte er fröhlich: »Wer hätte das gedacht Pieter? Erst hatte ich gar kein Kind, und jetzt hab' ich gleich zwei.«
Da knurrte dieser: »Und was wird aus mir? Wer bin ich? Ein popeliger Pate, mehr nicht.«
Doch ehe Michael widersprechen konnte, sagte Antje: »Nimm mich, Pieter, ich kann einen Vater gut gebrauchen, und so einen wie dich hab' ich mir immer gewünscht.«
»Dat is een Woort, Deern, dann werd' ich dich an deinem Hochzeitstag auch zum Altar führen, denn das ist Vaterrecht.«
Und genau so kam es; am Samstag vor dem zweiten Advent läuteten die Glocken der kleinen Kirche zur Hochzeit, und alles was Beine hatte, drängte herbei, denn alle wollten sie die Antje Harter heiraten sehen. Vor dem Altar stand der Altpastor, hinter dem Brautpaar Jens Heyen, Pieter Möller und etwas abseits, mit strahlendem Vollmondgesicht, Smutje und zwei von der Mannschaft. Seit einigen Tagen war die Welt für Smutje rund und »abschlut« in Ordnung, denn nun wusste er, dass er Smutje auf der Aries bleiben konnte. Ein Gewisper und Geraune ging durch die Bankreihen: »Een richtgen Kapitän iss sin Vadder, und he is Stuermann un de andere grote Herr ook.«
Das war doch mal was anderes als eine gewöhnliche Bauernhochzeit, wo jeder jeden kannte. Nur, dass der Bräutigam der ehemalige Hütejung' vom Harterbur war, das wussten nur Uwe Grote und sein Vater, und die hatten beschlossen zu schweigen.

Nun fing ein großes Arbeiten an auf dem verlassenen Hof. Es wurde gesägt, gehämmert, ausgebessert und, wo es nötig war, auch Neues geschaffen. Hin und wieder fuhren Antje und Michael zur Stadt, um das Nötigste zu kaufen, denn außer den Möbeln im Ahnehäuschen war ja nichts mehr vorhanden. Ein Fuhrwerk mussten sie sich noch leihen, was Michael am meisten ärgerte. Von einem alten Bur aus dem Nachbardorf erstand er die ersten Schafe, denn, so sagte er: »Schafe sind genügsam, die bringe ich über den Winter. Die Rinder müssen warten, bis die Weiden gut stehen.«

Antje kaufte im Dorf einige Hühner und einen Hahn: »Wisst ihr, erst wenn wieder ein Hahn auf dem Hof kräht, fühle ich mich richtig zu Hause.«

Es war eine harte Zeit, aber es lag Segen auf allem, was sie taten.

»Weißt du«, sagte Antje eines Tages zu Michael, »das kann auch gar nicht anders sein, denn die Ahne wacht darüber, und meine Mutter, denn jetzt hat sie wieder Kraft dazu.«

»Vielleicht auch dein Vater, Antje, denn bei all seinen Fehlern – ein guter, fleißiger Bur war er, und ich sehe ihn immer wieder, wie er im Traum vor mir stand und mir seine leeren Hände entgegenstreckte. Da war er nicht böse oder schlecht, da war er nur noch ein armer Mensch, und das, Antje, ist er wohl sein ganzes Leben lang gewesen, es hat nur keiner gemerkt, und er selbst am allerwenigsten.«

Antje schwieg betroffen, dann sagte sie: »Meinst du, wir haben etwas an ihm versäumt?«

»Manchmal denke ich, wir versäumen sehr oft etwas, weil wir uns nicht die Mühe machen, hinter das zu schauen, was vor uns steht.«

»Die Ahne, Michael, die Ahne konnte das. Ich glaube, sie war die Einzige, die ihn richtig sah, denn sie sagte einmal zu mir: ›Deinem Vater ist der Michael fremd, und darum hat er Angst

vor ihm. Viele Menschen bekommen Angst, wenn ihnen etwas fremd ist, und dann lehnen sie es ab oder werden böse, und darum ist Angst ein ganz schlechter Ratgeber.‹ So ähnlich sprach sie, aber ich verstand nicht alles, ich war noch zu klein. Nur das mit dem schlechten Ratgeber, das habe ich mir gemerkt.«
Eine ganze Weile grübelten sie vor sich hin, dann fing sie an zu kichern: »Antje, was ist denn, findest du unser Gespräch zum Lachen?«
»Nein, unser Gespräch nicht, aber was mir eben einfällt, an was ich mich erinnere, das ist schon ein bisschen lustig. Eines Nachmittags hörte ich Vater und Geert zusammen reden, sie sprachen von dir, und Vater meinte: ›De Michael, de Hödejung, Geert, de is nämlich gor keen richtige Mensch, de is wat anneres, de kann een Koh kalben laten mit Musik, un he snidd mit'n Steen een Tau dörch, wer kann denn sowat! Ik kiek ümmer, ob dor nich wat Absünderliches is, son Schien över de Kopp oder an de Rüch, so wat wie Flögel. So wat schall dat geven, aber dor wer noch nix, bit nu.‹ Und seitdem war ich sicher, dass die Ahne recht hatte, du warst ihm fremd. Aber da, wo er jetzt ist, gibt es wohl nichts Fremdes mehr, und vor einem Schein oder Flügeln muss er sich nicht mehr ängstigen. Darum kann er dich doch auch bitten, meinst du nicht?«
Michael dachte lange nach, dann antwortete er ernst: »Ich weiß es nicht, aber dass auch der Harterbur etwas in sich trug, was unser Altpastor den göttlichen Funken nennt, und dass ihn, da, wo er jetzt ist, einer an der Hand nimmt und zum Besseren führt, daran glaube ich ganz fest.«

28

Inzwischen war es Mai geworden. Michael kam von den Weiden, wo er die Zäune gefestigt, denn demnächst sollten die ersten Kühe eintreffen, als er einen Mann auf den Hof zulaufen sah, es war Uwe Grote.
»Was will denn der hier?«, brummte er. Als sie voreinander standen, reichte ihm Grote einen kleinen Stoffsack und sagte verlegen: »Hier, das is vor Sie, und ganz ohne Pantinen – nu, hoff' ich, is allens ausgeräumt!«
Als Michael das Säckchen öffnete, lag darin eine kleine Katze, kaum drei Wochen alt. Michael strahlte: »Das ist ein Geschenk, so eins hab ich lange nicht bekommen, vielen Dank – doch von welchen Pantinen sprachen Sie, ich weiß von keinen!«
Danach gaben sie einander die Hand und lachten beide. Als Michael wenig später seiner Antje das Kätzchen in den Schoß legte, rief diese: »Oh Michael, eine Mietzemau!« Und als er erzählte, wer sie geschenkt, meinte sie glücklich: »Du hattest recht, es gibt ihn wirklich, den göttlichen Funken.«

Als es in den Sommer ging, trafen die Rinder ein, zwei Kühe, eine davon trächtig, und ein Ochse.
»Er muss das Pferd ersetzen, das wir noch nicht haben, sonst müssten wir uns selbst einspannen«, meinte Pieter, »und das darf nicht sein, ein wenig Reputation müssen wir uns erhalten.«
Zur Mittsommerzeit konnten sie umziehen in den Hof. Einige Möbel hatte Michael erstanden auf den Höfen rings umher, gute, schwere Schränke und Truhen. »Denn«, sagte Antje, »das

moderne Zeug will ich nicht haben, es passt nicht hierher. In dem, was hier steht, sollen noch unsere Kinder leben können.« Die größte Überraschung hatte der Vater bereit. Er wuchtete einen Tisch durch die Tür, mächtig groß, und auf vier festen Beinen stehend, mit einer tiefen Schublade.
»Einen Tisch muss man selber bauen, er ist das Herzstück der Stube, und ein Herzstück kann man nicht kaufen, genauso wenig wie eine Wiege. Darum lasst es mich zeitig wissen, wenn eine gebraucht wird«, schmunzelte er.

Das zweite Weihnachtsfest war vorüber, und als die Zeit auf Lichtmess zuging, sagte Antje eines Abends: »Vater, es wird eine gebraucht!« Heyen antwortete strahlend: »Viel Glück Antje, wird besorgt.«
»Was wird gebraucht?«, fragte Pieter.
»Ich bin zwar älter als du«, entgegnete Jens vergnügt, »aber mein Gedächtnis ist noch in Ordnung, und da du wie ein Vater zu Antje bist, wirst du Großvater, genau wie ich, weil nämlich eine Wiege gebraucht wird; erinnerst du dich jetzt?«
»Det is gut, der Hof muss wachsen! Wat bin ich vor een Glückspilz, erst krieg' ich ne Tochter geschenkt un jetzt een Enkelkind, un allens umsonst.« Er schüttelte den Kopf, als könne er sein Glück nicht begreifen.
So wie Pieter Möller gesagt, war es auch, der Hof wuchs – die trächtige Kuh hatte ein Stierkalb geboren.
»Ein Stierkalb!«, jubelte Michael. »Wisst ihr, was das heißt? Ein Stierkalb bedeutet Freiheit, Unabhängigkeit.«
»Das verstehe ich nicht.«
»Du bist eben kein Bauer, Jens«, meinte Pieter. »Michael hat recht, in einem starken halben Jahr haben wir unsern eigenen Stammvater auf dem Hof, denn ein Stier bedeutet Leben.«

Am Abend saßen sie auf der Hofbank, Jens, Pieter und Michael, denn die Luft war klar und frühlingsmild, da sagte Heyen: »Du hast also immer noch einen Groll gegen die Dörfler, trägst immer noch an der Vergangenheit, das ist nicht gut, Junge, das hemmt, und irgendwann macht es undankbar. Sei vorsichtig, wir Heyens neigen dazu. Außerdem, hast du das nötig? Um dich her ist nichts als fruchtbares Leben.« Er deutete auf zwei Hennen, die dem heimatlichen Stall zustrebten, und um sie her wuselten flaumige, goldgelbe Federbällchen, Küken und nochmals Küken. »Freu dich an deinem Stierkalb, freu dich um des Stierkalbs willen und von mir aus auch an der Freiheit und der Unabhängigkeit, die es dir schenkt, aber lass' die Dörfler außen vor, die dir immer noch im Kopf rumspuken.«

Michael schwieg betroffen und nach einer Weile fragte er: »Woher weißt du Dinge, Vater, die bisher nicht einmal mir bewusst waren?«

»Weil ich diesen Weg vor dir ging – ich war Kapitän, ich besaß ein eigenes Schiff, alles floss mir freimütig in die Hand, selbst das Wesen, die Worte deiner Mutter, trank ich hinunter, wie etwas, das nur geschieht zu meinem Wohlsein. Mir gehörte nicht nur ein Schiff, mir gehörte die Welt mit allem, was um mich war. Nicht einmal an jenem Abend wurde ich wach – ich versuche mich zu erinnern, was sie sagte. ›Weißt du, Jens, manchmal bin ich dankbar, dass mir vieles im Leben so schwer wurde, denn wenn es am dunkelsten war, fühlte ich die Hand des Engels auf meiner Schulter, und wenn ich die Menschen betrachte, die im Glück schwimmen, so ist mir, als fühlten sie die Hand ihres Engels nicht mehr, als dächten sie, alles sei aus eigener Kraft geschaffen. Und irgendwann vergessen sie, dass sie den andern brauchen, dann beginnt die Undankbarkeit – und danach – danach werden sie einsam.‹ So ähnlich waren ihre Gedanken.«

Es war still, keiner sprach, aber der Abend sprach. Ein leise wehender Chor erhob sich aus Feldern und Wiesen, aus dem Gezweig der Bäume, floss herab aus dem Reigen der Sterne und mischte sich mit dem ruhigen, schweren Atem der Herdentiere des Hofes. Und dann sprach Michael, langsam, bedächtig setzte er die Worte:

»Der Tag war grau,
obgleich die Sonne schien –
da stand der Engel hinter mir,
ich spürte seine schimmernden Hände
auf Haupt und Schultern.
Und dann ein Atemstrom
von mir zu ihm, von ihm zu mir?
Ich weiß es nicht –
gleichwohl, er brachte mich zurück ins Leben.«

»Woher hast du das?«, fragte der Vater, und trotz der Dunkelheit hörte jeder das Staunen in seiner Stimme.
»Ich las es einmal, und weil es so schön war, lernte ich es auswendig, es hat mich oft getröstet, hat mich aufgefangen, damals, als ich noch ein Niemand war.«

Als das Jahr sich in den Spätsommer neigte, kam die Zeit, dass dem Hof das erste Kind geboren wurde.
Nie würde Michael den Augenblick vergessen, als er durch die geschlossene Türe der Schlafkammer die Stimme der Hebamme vernahm:
»So, Nummer eins hätten wir!«
Michael stutzte, sollte das heißen? Ja, das hieß es, kurz danach krähte ein zweites Stimmchen durchs Haus, und als sich die

Tür öffnete, lag da eine glückstrahlende Antje, in jedem Arm ein Kindchen. Das ging wie ein Lauffeuer durchs Dorf. »Bi de Heyens sünd twee ankamen, een Jung un een Deern.«
»Und wie sollen sie nun heißen, eure beiden?«, fragte Pieter neugierig.
»Meike Anna, nach Michaels Mutter und nach der Ahne, und er Jens Pieter Hinrich, nach seinen Großvätern«, antwortete Antje. Da nickte Pieter zufrieden.

Die Jahre gingen dahin. Längst rannten noch zwei weitere kleine Heyens über den Hof, Jonas, nach dem Altpastor geheißen, und Trinchen. Einen Hütejungen hatte sich Michael aus dem Dorf geholt und ihm Strolch als tüchtigen Helfer beigegeben. Darüber hinaus sah er darauf, dass der Junge immer genug in seinem Futtersack hatte, denn nie wieder sollte jemand auf dem Hof Not leiden.
Vater und Pieter wohnten im Ahnehaus, arbeiteten nach ihren Kräften und genossen die ruhige Sicherheit des Hofes. Wenn im Frühjahr und Herbst der Sturm ums Haus tobte und an den Fensterläden rüttelte, wenn man von Ferne die See brüllen hörte, dann konnte es geschehen, dass Pieter fragte: »Na, Jens? Sehnst du dich jetzt nach der Aries und so ner richtig kalten Dusche Ostseewasser im Genicke?«
Da wiegte Jens Heyen den Kopf hin und her und meinte: »Eigentlich eher nicht, ich bin froh, ein festes Dach über mir zu wissen, ein Feuer im Ofen und ein warmes Bett. Der Jung hat es recht gemacht.«
Einmal, es war im späten Herbst, meinte es der Sturm besonders gut, er orgelte und fauchte, dass man dachte, alle Furien seien losgelassen. Da schob Pieter während des Abendbrotes den Teller zur Seite, legte die Fäuste auf den Tisch und begann zu singen:

»Der blanke Hans springt übern Zaun,
er kommt, mal eben nachzuschaun,
ob alle Kinder schlafen,
die bösen und die braven.
Und wenn er welche wachend fand,
so zwickt er sie mit nasser Hand
in ihre kleinen Nasen,
in ihre kleinen Nasen.«

»Was ist das für ein Lied, Großvater Pieter?«, fragte der kleine Jens.
»Das ist das Sturmlied«, und dann erzählte er den staunenden Kindern die Geschichte, die er vor vielen Jahren schon ihrem Vater erzählt. Seitdem stand Pieter in einem besonderen Ansehen, auch im Dorf, denn Jens hatte gleich am nächsten Tag stolz in der Schule verkündet: »Unser Großvadder Pieter, das is vielleicht einer, der kann den Sturm wegsingen!«, und dann schmetterte er mit seiner hellen Kinderstimme das Lied in den Raum.
»Mensch, hör auf, sonst bläst er wieder!«, schrie einer entsetzt. Geringschätzig schaute ihn Jens an: »Du Trottel, *weg*singen, hab' ich gesagt, nich *her*singen.«

Sooft es die Arbeit zuließ und sie sich ein paar gute Stunden gönnen wollten, spannten sie an und fuhren in die kleine Hafenstadt zur Aries, aßen eine dicke, fette Graupensuppe mit Speck und kramten mit Smutje zusammen in Erinnerungen.
Hatte der Harterbur seine Anerkennung im Dorf seinem Reichtum zu verdanken gehabt, so verdankten es die neuen Besitzer des Heyenhofes, wie er nun hieß, solchen Ereignissen wie der Sache mit dem Sturmlied, vor allem aber ihrem Fleiß und ihrer

Beharrlichkeit, mit der sie das marode Gemäuer wieder hochgebracht, obwohl sie Seeleute waren und gar keine richtigen Bauern. Zudem waren sie hilfsbereit und offen gegen jedermann.

»Besonders der Lütte, der Jens, der is helle unterm Haarschopf und immer freundlich, nich so hintertücksch wie die Grotejungs«, tuschelten die Dörfler unter sich.

Es war Mitte September und die Luft noch ungewöhnlich mild für die Späte des Jahres, als Antje und Michael Hand in Hand in die Dünen wanderten. Das war ihnen ein beliebter Weg geworden, wenn die Arbeit verrichtet, die Kinder zur Ruhe gebracht und der Tag sich neigte. Dort in der Wiesenmulde, wo Michael so oft mit der Ahne und Tyrax gesessen, ließen sie sich nieder und schwiegen beide. Um sie her war die beredte Stille des Abends, man hörte den Wind leise durch die Strandgräser gehen, vom Hof her vernahm man hin und wieder das Rumoren der Tiere, von Ferne das Blöken der Schafe und hinter den Dünen die rollende Ewigkeitsmelodie der See.

Dieses Lied hatte etwas Beruhigendes und etwas Beschwörendes, es brachte Gelassenheit, forderte aber gleichzeitig, und sie hörten es beide – da fragte Antje: »Sag', Michael, hast du es je bereut, nicht mehr zur See zu fahren? Hast du manchmal wieder Sehnsucht nach dem Meer?«

Stetig sank der Sonnenball im Westen und in diese rote Glut hinein antwortete Michael: »Immer, wenn ich das Meer höre, sehe ich die Augen meiner Mutter über den Wassern, tief und voll Trauer, wie ich sie oft sah, besonders des Abends – und ich sehe die Schultern meines Vaters, gebeugt unter der Bürde des Unterlassenen, den Blick voll dunkler Einsamkeit. – Und Sehnsucht? Antje, ich glaube die Sehnsucht nach dem Meer wurde

mir eingepflanzt, um meinen Vater zu finden, und als ich ihn gefunden, wurde die Sehnsucht umgeprägt, umgewandelt in die Sehnsucht nach Heimat, nach Stetigkeit – nach Erde –, und das ging leicht, ohne Groll, ohne Opfer, ohne Schmerz. Ich hatte ja auch einen starken Helfer.«
»Und wer war das?«, fragte Antje voller Staunen.
Michael lächelte still: »Die Liebe, Antje, einzig die Liebe.«

Inzwischen war es dunkel geworden, da deutete Michael auf einen hellen Stern, der sich im Osten über den Erdenrand hob: »Das dort, Antje, ist der Widderstern, dort sitzt die Mutter und winkt herab – und eines Tages wird sie ein wenig zur Seite rücken, damit wir alle neben ihr Platz finden.« Und unter dem aufsteigenden Widderstern schritten sie langsam dem Hof zu.

Übersetzung der wichtigsten plattdeutschen Passagen:

S. 8   Was, der? Was soll mir das Kroppzeug, der kann ja nicht mal 'nem Schaf über den Rist schauen, ein unnützer Fresser ist er, sonst nichts!

S. 8   Und das sag' ich dir, Nixnutz, wenn du stiehlst, fliegst du raus, dann magst du zusehen, wo du bleibst.

S. 8   Na, was ist, was glotzt du mich an? Du wirst doch wissen, was stehlen heißt?

S. 40 Tscha, wenn Sie meinen, Herr Pastor, denn will ich mal die Joppe holen, es muss ja wohl nicht die Sonntagsjoppe sein? Und dann ist es doch auch ein gutes Werk, oder nicht?

S. 50 Wo hast du den her? Für so dummes Zeug hab ich kein Geld.

S. 66 Hinrich, was ich schon lange fragen wollte, wie alt ist eigentlich deine kleine Antje?

S. 66 Nun, mein Uwe geht ins fünfzehnte Jahr, und da macht man sich so seine Gedanken für später.

S. 66 Du denkst, beim Harter gibt's ne fette Mitgift. Wenn du dich da mal nicht täuschst, auch der Hinrich Harter kann rechnen. Aber Spaß beiseite, unsre Höfe in Verwandtschaft, das wär' nicht schlecht.

S. 150 Am Sonntag zu Mittag kommt de Uwe Grote mit seinem Vater, tisch reichlich auf und zieh dir was Ordentliches auf den Leib, wenn du Geld brauchst, lass ich mich nicht lumpen.

S. 165 Bist du nicht gescheit, den Harterhof für so ein Schindgeld zu verschenken? Gut das Doppelte hättet du verlangen können.

S. 165 Wenn das der Hütejunge ist, lassen wir's besser dabei, der weiß zu viel, außerdem ist er gut Freund mit dem Altpastor, und da bleiben wir besser beiseite.

S. 166 Ich glaube wahrhaftig, der hat das Vieh gebadet und gestriegelt; ein verrückter Kerl.

S. 175 Der Michael, der Hütejung, Geert, nimm dich vor dem in acht, der ist nämlich gar kein richtiger Mensch, der ist was anderes, der kann ne Kuh kalben lassen mit Musik, und er schneidet mit nem Stein ein Seil durch, wer kann denn so was! Ich bin immer am Gucken, ob da nichts Absonderliches ist, so ein Schein überm Kopf, oder am Rücken so was wie von Flügeln, so was soll's geben, aber da war noch nichts, bisher.

Edda Singrün-Zorn

Die Brücke über die Zeit

Gedanken und Gedichte über die Zauberkraft der Phantasie

92 Seiten, geb.

Wort und Bilder, Bild und Worte,
locken euch von Ort zu Orte,
und die liebe Phantasei
fühlt sich hundertfältig frei.
   J. W. von Goethe

Edda Singrün-Zorn hat zahlreiche Geschichten und Gedichte über die Phantasie geschrieben, von denen die schönsten hier versammelt sind. Sie erzählen davon, wie der Blick auf das scheinbar so Kleine und Unbedeutende dazu führen kann, dem Leben mehr abzugewinnen, als der vermeintlich so langweilige Alltag zu bieten hat.

URACHHAUS

Edda Singrün-Zorn

Das Lied der Arve
Das Leben eines begnadeten Geigenbauers

213 Seiten, geb.

Mit sechs Jahren schnitzt Ambrosius Bartholomäus Schneehauser seine erste Flöte – und entdeckt seine Liebe zur Musik. Bald steht für ihn fest: Er möchte Geigenbauer werden! Und tatsächlich entwickelt er als junger Mann eine solche Meisterschaft, dass sein Name schon bald in aller Munde ist. Seine Wanderjahre führen ihn durch das halbe Europa, ehe er in zwei Weltkriegen unerträgliches Leid kennenlernt – aber auch den Menschen um ihn herum vorlebt, wie eine reine Seele dem Unrecht begegnen kann.

Das Lied der Arve ist weit mehr als die literarische Verarbeitung eines besonderen Lebens. Edda Singrün-Zorn gelingt es, in der Tradition von Eichendorff bis Hesse wurzelnd, den Leser in seelischen Tiefenschichten intensiv und nachhaltig zu berühren.

URACHHAUS

Edda Singrün-Zorn

Das Vermächtnis des Engels

Die Geschichte einer ungewöhnlichen Frau

239 Seiten, geb.

An einem lichten Septemberabend, irgendwann im 13. Jahrhundert, wird auf der Burg des Rosenritters ein Mädchen namens Libussa – »die Liebende« – geboren. Sie macht ihrem Namen alle Ehre, ist sie doch ein ganz besonderes und starkes Menschenkind, das alle, die mit ihr in Berührung kommen, verändert und verwandelt.
Wie bereits im ›Lied der Arve‹ entfaltet Edda Singrün auch hier wieder ihre hohe Erzählkunst, die ihre Leser ab der ersten Seite unweigerlich gefangen nimmt und durch die Gipfel und Tiefen eines ungewöhnlichen Frauenlebens führt.
Der Roman einer großen liebenden Seele, eines besonderen Lebens und einer fernen Zeit, wunderschön und tief berührend.

URACHHAUS